小学館文庫

えんま様の忙しい49日間

霜月りつ

小学館

CONTENTS

busy 49 days
of Mr.Enma
Written by Ritu Shimotuki

第一話

えんま様と公園の子供

busy 49 days
of Mr.Enma

序

「だからな、ここで待ってたってだれも助けてくれないんだよ。周り見てみろ、桜満開。春だろ？　新スタートの季節だろ？　おまえも生まれ変わって楽しい人生の再スタート切ったらどうかって話だよ。大丈夫、最近は賽《さい》の河原で石積みなんかさせないから。あれ、なんの意味があるのかってクレームが多くってな……」

真っ昼間、電柱に向かってブツブツ言っている青年がいる。フードのついた水色のパーカーに細身のデニム、黒いスニーカーの爪先で地面をザリザリと擦っていた。

その背後を幼稚園年長さんくらいの子供を連れた主婦が、足早に通りすぎる。

「ねえ、ママァ……あそこ……」

「しっ、見ちゃいけません！　変な人に絡まれたらどうするの」

母親は子供の手を強く引いた。

「でもさあ……」

子供は母親に伝えたかった。青年が話しかけている相手が、半分透明で、足がなくて、ふわふわと浮いている男の子だったと。

青年は今度はしゃがんで少し上に顔を向けた。前髪の下から覗《のぞ》く顔はまだ若く、大学生くらいに見える。

「あ？　なんだ？　ママに会いたい？　ママもじきにあの世にくるって。何年経《た》ってると思ってんだ……ああああ、泣くな、悪かった！　お兄ちゃんが悪かった！」

青年は手を伸ばすと電柱の横の空間をぐるぐるとかき混ぜる。

「ほら、ここから行け。大丈夫、怖くない。すぐに向こうから迎えがくるから」

やがて青年は立ち上がり、コキコキと首を回した。

「あ、ここにいらしたんですか！　エンマさま」

その彼に声をかけたものがいる。ぴったりした細身のスーツ姿の青年で、柔らかそうな前髪を黒のカチューシャで持ち上げている様子はホストのようにも見える。

「まだこの辺に慣れてらっしゃらないんですから、勝手に遠出しないでくださいよ」

「篁《たかむら》は相変わらず心配性だな」

篁と呼ばれた男は電柱を見ると、優しげな顔の上で眉を寄せた。

「子供の霊がいたんですか？」

「ああ、なんとかあの世に行ってもらったよ」

「お休み中なのに真面目ですね」

「見つけちまったら仕方ないだろう。ったくこの辺りの死神は仕事してんのかよ」

エンマと呼ばれた青年は髪に指をつっこみ、バリバリとかき回した。

「くっそ、また働いちまったじゃねえか！」

一

世界には「この世――現世《うつしよ》」と「あの世――常世《とこよ》」がある。この世は生きているものの世界で、あの世は死んだものの世界だ。この世で死んだものはあの世で裁かれ、地獄や天国へ振り分けられる。

地獄行きを決めるのはあの世にいる一〇人の裁判官、十王。毎日死者を裁く王たちにも、一年に一日だけ休みがある。

電柱の陰でさまよっていた地縛霊の子供をあの世へ送った青年は大央炎真《だいおうえんま》。一日だけの休みを満喫するためこの世の東京に遊びにきた、閻魔《えんま》大王の仮の姿だ。

「エンマさまは前回休みをとられなかったから百年ぶりの現世でしょう？　東京でよかったんですか？　アメリカとか中国とか……、南極大陸だっていいんですよ？」

「南極で四九日間なにをしろっていうんだ。氷しかないいんだぞ、三途《さんず》の川よろしく氷積みでもしてろっていうのか？」

地獄から与えられた一日の休みはこの世では四九日間となる。炎真に同行しているのは地獄でも秘書をしている小野篁《おののたかむら》という元・人間だ。

「ペンギンもいますし、タロとジロもいますよ」

篁は楽し気な口調で言った。

「いつの情報だそれ。おまえ、俺が現世のこと知らないとでも思っているのか？　俺だってこっちの世界のテレビくらい見てるんだよ」

「ああ、すみません。こないだ、〝南極物語〟の動画を観《み》ちゃったんでつい」

「ちゃんと有料サイトだろうな。地獄の秘書官が違法ダウンロードサイトなんか見てたら黒縄地獄《こくじょう》だぞ」

横眼で睨《にら》む炎真に篁は口を尖《とが》らせた。

「正規の動画サイトですよう」

炎真は両腕を上げて伸びをし、遠くに霞《かす》むスカイツリーを見やった。

「東京でいいんだよ。百年ぶりだからかなり様子が変わってる。浄玻璃鏡《じょうはりのかがみ》で見ていたが、やっぱり実際に来ると面白いな。前に来たときも、その前の時とかなり違っていたが」

「第一次世界大戦の頃でしたね、前は」

炎真と篁は桜の降りしきる道を、家に向かって歩いていた。

「ああ、その前はまだ侍がいた時代だったから、洋装に変わっててびっくりしたぜ、おっとあぶねえ」

炎真は走ってくるバイクをひょいと避《よ》けた。狭い道なのにスピードを出しすぎている。バイクの主はぶつかりそうになったのに、知らん顔だ。

「それにしてもこの時代はなんでもかんでもやたら速いな」

「そうですね。おまけに自動車も増えて危ないです」

「これじゃあ死人が増えるわけだ」

炎真は大通りに飛び出たバイクが、ガシャンと車にぶつかるのを見た。

「あーあ」

地面に投げ出された男の首が、かっくんとあり得ない方向に曲がっている。

「言ってるそばからコレだよ」

空中から白いマントの死神が急降下してきた。他の人間には見えないが、倒れた男から魂を引き出している。

「ああ、ちゃんと仕事してるな」

「だったら、さっきの地縛霊をどうして見過ごしたんでしょうか」

死神は炎真と篁に気づいたらしくぺこぺこと頭を下げ、急いで魂を回収していった。

「一名さま、ご案内〜ってか」

「あ、でも死因のトップは病死……ガンですけどね。交通事故はもっと少ないですよ」

篁が思い出したように言う。

「そうか。俺は死因には興味ないからな。ミンチになってたりバラバラになってたり、かなりインパクトがないと覚えてられない」

「そういえば最近バラバラになってる死者が増えましたよねえ」

「戦国時代にも一回増えたよな」

「最近のバラバラはけっこう細かいんで組み立てるのが大変ですよ」

物騒な会話をのんびり交わしながら歩く。炎真は桜の下で「ふわあ〜」と伸びをしながら大あくびした。

「どっか公園とかで休んでいこうぜ」

「そうですね、甘いものでも買いましょうか」

とたんに炎真が笑顔になる。道路の向こうにあるコンビニエンスストアを指さした。

「いいな。ほら、あそこにコンビニがあるから仕入れていこうぜ」

「エンマさま、コンビニお好きですよね」

「おお、明るくていろいろあって楽しいよな」

炎真はウキウキとした足どりで横断歩道を渡り、コンビニに入った。

「これこれ。このハニーミルクドーナツ練乳がけがうまくてな」

入ってすぐにレジ近くの棚の前にしゃがみこむ。

「エンマさま、これ昨日も一袋食べてますよね」

「地獄でも売らないかな、この菓子」

「死者の中にもコンビニ経営者やバイトくんが大勢いますから店を出してみますか？」

「こんど十王会議にかけてみよう」

炎真がしゃがんだままカゴにドーナツやエビせんを放り込んでいると、不意にパーカーのフードを強く引っ張られた。

「をわっ、なにすんだよ」

「エンマさま。万引きです」

立ったままの篁が、厳しい顔でドアを見つめている。

「店員は気づいてません。外に出てしまいました」

「ほっとけよ、どうせ死後、黒縄地獄に堕《お》ちる」

炎真は舌打ちして棚に視線を戻した。

「でも」

「俺は休暇中なんだよ、生者の面倒まで見てられるか」

「でもこのままだと店員さんの責任になってしまいます。それに出来れば地獄行きの人間は減らしたい方針じゃないですか」

「……くっそ」

炎真はカゴの中のお菓子を棚に戻した。

「とっとと捕まえるぞ。ついでにぶんなぐってやる」

二

篁はコンビニを出ると、ためらわずに左の道を選んだ。

「右の道はまっすぐ見通せます。犯人の姿はありませんでした。となると左のこの角を曲がって……」

進んだ先で左右を見回し、篁は炎真に手を振った。

「いました。この公園です」

白い塀で囲まれた小さな児童公園だ。ブランコが二つだけ、申し訳程度に置いてある。そのブランコに二歳くらいの女の子が座っていて、そばに兄らしい五歳くらいの男の子が立っていた。保護者はいない。子供二人だけで出歩くには幼すぎる。

「あれが犯人ですよ」

「なんだ、ガキじゃないか」

炎真は眉を寄せた。男の子はクリームパンの袋を開けようとしているが、うまく開かないらしく、顔を真っ赤にして引っ張っていた。

炎真たちが近づくと、男の子ははっとして女の子を庇《かば》うように手を広げ、前に立ちはだかった。

「貸してみろ、開けてやるから」

炎真が手を差し出す。篁はしゃがんで男の子と視線をあわせた。子供は怯《おび》えた表情を浮かべながらも、篁から目を離さない。

「大丈夫だよ、怒らないから。袋を開けてあげる」

優しい声で言う篁の、柔和な顔だちと笑みに、男の子はからだから力を抜いた。

「エンマさま、そんな怖い顔をしてちゃだめですよ」

「顔が怖いのは俺のせいじゃない。この器を用意したおまえのせいだ」

「はいはい。お店にはあとで僕から説明してお金を払っておきましょう」

篁が「ん？」と首を傾《かし》げて手を出すと、男の子はおずおずとクリームパンを差し出した。篁が袋を開けてパンを出してやると、小さな妹が飛びついて両手で抱えた。

「……なんでお店から黙って持って行ったの？　お金は持っていなかったの？」

篁が聞くと、男の子はうつむいた。恥ずかしさと罪悪感と恐怖、なにより悲しみがその幼い顔を覆っている。

炎真はその子たちがずいぶんと汚れたセーターを着ていることに気づいた。まだ肌寒い日はあるとはいえ、二人は真冬に着るような服を身につけている。

「篁、そのガキのセーターめくってみろ」

炎真の言葉に男の子はぎょっとした顔をして、あわてて両腕をからだに巻き付けた。しかし篁の手があっさりとセーターの背中をめくりあげる。

「――やっぱりか」

男の子のからだは骨が見えるほどに痩せ、薄い背中には、黄色や青の痣《あざ》が無数につけられていた。

「誰にやられたんだ」

腕を組む炎真に男の子は怯《ひる》んだように退《さ》がる。

「だからエンマさま、そんな怖い顔しちゃ、答えようにも答えられませんよ」

篁は炎真を睨むと男の子に優しく笑いかけた。

「ごめんねー、あっちのおにいちゃん、怖い顔で。でもほんとは顔ほど怖くはないんだよ？　あのおにいちゃん、あれでらっきょうが泣くほど嫌いなんだ」

「なに個人情報洩《も》らしてんだ！」

「やだねー、あの人おっきい声だして」

篁は男の子に笑いかけた。男の子はこわばった頰を少しだけゆるめた。

「おまえだって塩昆布が苦手なくせに……」

炎真がぶつぶつ言う。

「エンマさま、ちょっとあっちへ行っててくださいよ」

篁にしっしと手を振られ、炎真は舌打ちして公園の入り口まで下がった。篁が男の子と女の子の頭を撫《な》でながらなにか話しかけているのを見守る。やがて男の子がしくしく泣き始め、篁は彼を抱きしめて背中を撫でた。

「エンマさま」

呼ばれてようやくブランコのそばに戻る。

「この子たちは日陽《ひなた》くんと真由美《まゆみ》ちゃん。母親と一緒に住んでいる男に虐待を受けているようです。母親も叩《たた》かれていると言ってます。今もその男に夜まで帰ってくるなと追い出されたとか」

「……ったく」

炎真は拳を握るとブランコの柱にそれを打ちつけた。

「その男は等活《とうかつ》地獄決定だが、死ぬまで待ってられないな」

「そうですね。このままじゃ子供たちの方が先に死ぬ可能性もあります」

「ガキは管理が面倒くさいんだ。これ以上増やしたくない」

篁はうなずくと、腰を屈《かが》めて日陽という名前の少年の顔を覗き込んだ。

「おうちに連れてってくれるかな。そのいやなやつを追い出してあげるから」

「あ、その前に」

炎真は子供たちをコンビニに連れてゆくと、クリームパンを盗んだ詫《わ》びをさせ、代金を払ったあと、棚にあったパンを全部購入した。それを男の子に抱えさせる。

「俺はらっきょうは見るのもいやだが、腹をすかしたガキはその倍嫌いなんだ。罰として腹を壊すまで食え」

日陽は袋いっぱいのパンを抱いても実感がわかないのか、ぼうっとした顔をしていた。妹の真由美の方が興奮してぴょんぴょん飛び跳ねている。

「よし、行くぞ」

炎真の声に日陽ははっと我に返った顔をして、それから先に立って走り出した。

三

古いマンションの灰色の階段。その下で日陽は立ち止まった。

「この建物か？」

炎真の言葉に日陽はうなずく。

「……ほんとに……」

日陽は小さな声で、しかし必死な様子で言った。

「あいつを……おいだしてくれる？」

「はい。エンマさまは嘘はつきません」

篁は日陽の頭を撫でた。

「エンマサマって……えらいの？」

日陽は不思議そうな顔で炎真と篁を見た。

「もちろんですよ。地獄の王様ですから」

「ジゴク？」

「あれ？　地獄知りませんか？　悪い人が死んだあとに行くところですよ」

「ワルイヒト……」

日陽は怯えた顔になった。

「じゃあ、ボクもそこにいくの？」

「パンを盗《と》ったことを心配してるんですか？　大丈夫、お店にはちゃんと謝ったでしょう？」

日陽は首を振った。

「ボク、わるいこだって……だからシツケするってあいつが……」

目に涙が浮かんでいる。

「ちゃんとすわってられなかったって……いうこときかなかったって……おおきなこえで、なく、から、わるいこ……だって……」

「――っ」

篁は幼い少年を抱きしめた。

「なに言ってるんですか！　そんなのは全部その人の勝手な言いぐさです！　君は妹のために食べ物を手に入れようとした、さっきだって妹を庇って僕たちの前に立ちはだかった！　そんな妹思いの君が悪い子のはずはありません！」

「ボク……」

日陽はぼろぼろと涙を零《こぼ》す。

「わるいこじゃない？」

「君はいい子ですよ、とってもいい子！」

「う、うう――――うぅ……っ」

日陽は篁の肩に顔を押し当てて泣きだした。妹も顔をくしゃくしゃにして兄にしがみつく。彼はずっと悪い子だと言われて虐待を受けてきたのだろう。言葉は物理的な暴力より心を傷つけることがある。

炎真や篁の目には、日陽をぎりぎりと絞めあげていた言葉の呪いでできた鎖がゆるやかにほどけていくさまが見えた。

「……ったく」

炎真がぎりっと歯噛《はが》みする。

「俺はこういう湿っぽいのは嫌いなんだよ。おい、ガキ！　とっととおまえの家を教えろ！」

男の子はしゃくりあげながら顔をあげた。

「……もうひとつうえの……おうち」

炎真はうなずくと、階段を駆け上がった。が、すぐさま足音荒く降りてくる。

「このばかガキ！　二階のどの部屋かわかんないだろ！」

炎真は男の子を片手で抱えると、再び階段を昇った。二階には、外廊下に面して八つのドアが並んでいる。

「どの部屋だ」

「……あそこ」

男の子は左から三つ目のドアを指さした。

「わかった」

炎真は子供を下ろすと、そのドアに向かい、激しい勢いでノックした。

「おいっ！　ここを開けやがれ！」

一度手を止め、中の様子を窺《うかが》う。扉の内側で、カチャリと鍵が開く音がした。

「あ、の……」

ドアを細く開けて覗く女は兄妹の母親だろう。顔色が悪く、髪も乱れ、それを直す余裕もないようだ。

炎真はドアの隙間から手を差し入れ、繋いであるチェーンをあっさりと叩き切った。

「えっ!?」

母親は切られたチェーンと炎真の顔を見た。炎真は彼女にかまわずドアを叩きつけるように開けると、ずかずかと中に入り込んだ。

「おい、くず！　出てきやがれ！」

「ちょっとエンマさまー。ドアチェーンを切っちゃうって、それはまずいでしょー」

篁がドアから顔を突き出して言う。玄関に張りついている母親に愛想のいい顔で挨拶し、そのあとを追って中に入った。

「てめえか、あの兄妹を殴ってる外道は」

炎真は居間で寝ころんでテレビを見ていた男を引きずりあげているところだった。

「エンマさまー、殺しちゃだめですよー。死因エンマさま、なんて記録にはかけないですからね」

篁はのんびりした調子で声をかけてから、母親に向き直った。

「すみません、すぐ済みますから」

「あ、あなたたちは……」

「お子さんのからだに殴られたような痣がありましたね」

篁の言葉に、母親ははっとした顔をした。

「あなたのからだにもあるんじゃないんですか」

「わ、わたし……」

篁は穏やかな表情を崩さず、しかし、視線に力を込めて母親を見つめた。

「あなたは自分の意志であの男を選んだのだからまだいい。でも子供たちは違います。あなたは子供を守りたくないんですか？」

「わ、わたしは……」

「子供を犠牲にしてでもあの男を選びますか？　だったら子供たちは手放すべきです」

「あ、……」

母親は頭を抱えた。しゃがみこみ、膝に額を打ち付ける。

「だって、わたし……、わたしは……」

「ママッ！」

妹が母親にしがみついた。目を涙でいっぱいにしながら篁を睨みつける。

「ママをいじめちゃだめっ！」

「ま、真由美……」

母親は顔をあげ、少女を見つめた。

「ママ……！」

幼い兄が母親の腕にすがりついた。

「ママ、ボク、はやくおっきくなるから。おっきくなってママをまもるの。ママをたくあいつ、ボクがやっつけるから！」

「日陽……」

「ママ、いたいの？　だいじょーぶ？」

母親は兄と妹を両腕で抱きしめた。

「日陽！　真由美！」

「――あなたのことをこんなに思っている人は他にはいませんよ」

篁はそっと母親の肩に手を触れた。

「や、やめろっ、てめえっ、なんだ！　誰だ！」

部屋の中で男がわめいている。炎真に片手で摑みあげられた男は両手を使って炎真の腕を振りほどこうとしているが、びくともしない。

「おい、ガキ。見てみろ。おまえが怖がっていた相手はこんなへっぽこなんだぞ」

炎真は玄関のドア前で母親にしがみついている男の子に向かって言った。

「弱いものいじめしかできないようなくずだ。おい、おまえ――」

炎真は捕まえている男の額に輪にした指を押し当てた。

「うるさいぞ」

バチン！　と額にデコピンをお見舞いする。男の首がものすごい勢いでのけぞり、そのまま意識を失った。

「あれ？」

炎真は男と自分の指を交互に見た。

「おっかしいな、そんなに力を入れたつもりじゃないんだが」

「ちょっと、ちょっと、エンマさま。自分の力わかってますか？」

「いや、かるーくデコピンしただけだぜ？」

「エンマさまの力じゃ脳をシェイクされたのと一緒ですよ！」

炎真は肩をすくめると、男の襟首を掴んでずるずると玄関に引きずっていった。

「あ、あ、あの……っ」

母親は怯えた顔で炎真を見上げた。腰が抜けたような状態で、せわしく肩を上下させている。炎真は母親に向かって言った。

「俺たちのしていることは余計なお世話かもしれないがな、知ってしまった以上、子供が暴力を受けているのを見過ごすわけにはいかないんだ。こいつにあの子たちが殺されでもしたら、」

母親が青ざめた。おそらく彼女もその可能性を考えたことはあるのだろう。

「――あの世で俺が面倒くさいことになるからな」

「え……？」

炎真は首を振った。今のは母親には意味がわからないだろう。

「いや、それはどうでもいい。とにかくこいつは俺が説得する。ここに戻ってこないようにしていいか？」

母親は何かを言おうと、一瞬からだを乗り出した。しかし、自分の腕の中の子供を抱きしめると、唇を噛んだ。

「……お願いします」

「わかった」

炎真は男を引きずり、玄関を出た。見上げている子供と一度視線を合わせたが、何も言わずに廊下を進んだ。

「えんま、さま」

子供が呼ぶ。

「ありがとう!」

炎真は振り向かず、片手をあげてひらひらと振った。

「お騒がせしましたー」

篁は座り込んでいる母親にぺこぺこと頭を下げた。

「急に飛び込んできて驚かせてすみません。でも、あなたが母親として最善の道を選択してくださって感謝します」

「母親……なんて——わたしに母親の資格なんて」

「あなたが両手に抱いているものはなんですか」

弱々しく首を振る母親に、篁は優しく、強く、言った。

「それがあなたの言う資格そのものでしょう?」

「ママ……」

兄妹が腕の中から母親を見上げる。

「もういたいことない？　もうなかない？」

「真由美……日陽……」

母親は子供たちを抱きしめた。

「ごめん、ごめんねえ……」

篁は母子が涙にくれているさまを、一度だけ振り向いたが、もう何も言わず炎真を追った。

四

炎真は男を兄妹と出会った公園に引きずってきた。男はまだ意識を失っている。炎真は男をブランコの柱に寄り掛からせた。

「司録《しろく》、司命《しみょう》、いるか？」

何もない空間に向かって呼ぶと、ぽぽーんというかわいらしい音とともに、小さな子供が二人、空中から現れ、くるりと回転して地面に降り立った。

二人は色鮮やかな刺繍《ししゅう》の入った袖の長い着物に似た服を身につけていた。一人は女の子で一人は男の子のようだ。どちらも人形のような愛らしい顔をしている。

「はーいー」

「おそばにー」

二人は声を揃《そろ》えて炎真を見上げた。司録と司命は閻魔大王のそばにいて死者の記録を司《つかさど》っているものだ。

「なんのご用事ー？」

男の子の司録が言う。両側に羽根のような飾りをつけた帽子をかぶっている。

「ご用事なーにー？」

女の子の司命も続けた。こちらは髪を結い上げ、いくつもの簪《かんざし》を挿《さ》していた。

炎真はその場に伸びている男を指さした。

「司録、司命。こいつの記録を見せろ」

二人は顔を見合わせると、同じ動作で肩をすくめた。

「だめだよー、この人誰かわかんないもーん」

「せめてお名前と年齢をおしえてくださいー」

そこへ篁が駆けつけた。

「はいはい、任せて。さっき日陽くんたちのお母さんに聞いてきました。この男は伊《い》丹良彦《たみよしひこ》、三八歳です。ちなみにお母さんは堀道陽子《ほりみちようこ》さんです」

それを聞いて司録と司命はうなずきあった。

「だったらわかるー」

「記録をとりだすのよー」

二人が両手を上に伸ばすと、今度は、きゅぴーんという金属的な音がして、巻物が一巻、空から落ちてきた。

「記録なのー」

「おい、さっきからなんだ、そのわざとらしい音は」

炎真は顔をしかめて二人に言った。

「気にしないでー」

「効果音をいろいろ試しているのー。魔女っ子アニメみたいにしたくてー」

「遊んでんじゃねえぞ」

炎真は巻物を広げた。そこには伊丹良彦の生まれてから今までの記録が記載されている。

「記録なんかどうなさるんですか？」

「こいつが二度とあの親子に近づかないようにするためにちょいとな」

炎真の視線が右へ左へと移動する。

「ああ、一〇年ほど前まではまともに働いていたようだな」

「会社が倒産してるんだー」

炎真の肩の上に乗った司録が記録を見ながら言う。

「そのあといろんな仕事についたけれどー、どれも長続きしていないのねー」

もう片方の肩にも司命が乗る。

「こいつの能力のなさもあるんだろうが、なにより不満が不運を呼んでいるようだな」

篁も巻物を覗き込んで、

「不満、不運、不満、不運、と負の連鎖が続いているようです。自分から改善しようとは思えなくなっちゃうんですよね、こうなると」

「だが、それも本人の努力次第だろ。運が悪いと嘆いてるだけじゃどうにもならん」

「あ、」

篁は巻物の最初の方の記述を指さす。

「ここ見てください。この男、空き巣に入ってます、あとここ、」

「どうしようもねえな、こいつ」

炎真は記述を読み、巻物をくるくると巻いた。

「よし、そいつ起こせ」

炎真に言われて司録と司命は伊丹良彦の正面にしゃがみ、ペチペチと頬を叩いた。

「もしもーし、伊丹良彦さーん」

「起きてくださいなー」

「うう、」

伊丹は薄目を開け、首を回した。

「……ってててて……」

炎真にデコピンされたのが痛むのか、両手で額を押さえる。

「気がついたー」

「起きたのよー」

司録と司命が嬉《うれ》しそうに言って立ち上がる。伊丹は時代錯誤な格好をしている子供たちにぎょっとした顔をした。

「気がついたか」

その子供たちの背後から自分を見下ろしている炎真に気づき、伊丹はすくみあがった。

「て、てめ……っ」

伊丹がもたれているブランコの柱にガンッと炎真の足が押し当てられた。伊丹のからだがびくりと震える。

「伊丹良彦。おまえ、三年前沖山《おきやま》不動産に忍び込んで、現金一〇万円を盗んでいるな」

伊丹の目が見開かれた。

「な、なんで」

「それだけじゃないでしょー」

司録と司命が声を揃える。

「一年前には財布を拾ったのに届けなかったー」

「中のお金、使っちゃったのねー」

「な、なんでそれを」

伊丹は身を縮こまらせた。

「おまえの今までの人生お見通しなのー」

「悪いことをしたら報いを受けやがるのー」

司録と司命はあくまでもあどけない風を装うが、言っていることは恫喝《どうかつ》だ。

炎真は持ち上げた足の上に肘を乗せ、身を乗り出す。

「警察に通報してやろうか。窃盗の時効は七年。堀道親子への傷害も含めれば、確実に刑務所行きだ」

「や、やめ……」

ぐいっと顔を近づけると、炎真は伊丹に低く言った。

「この先二度と堀道家に近づくな。姿を見せたらすぐに通報する、わかったな」

「わ、わかった、わかった！　陽子とは手を切る！」

「聞き分けがよくて嬉しいね。まあどの道死後は地獄行きだが、約束を守れば刑は少し短縮してやるよ。破ったら……」

炎真はブランコの柱を握った。メキメキとその手の下から音がする。伊丹の顔から血の気が引いた。

「おまえの首もこんなふうにしてやるからな」

ブランコの柱が指の形に潰れている。伊丹は歯をカチカチ言わせ何度も首を振った。

「や、約束する、ぜ、絶対近づかない！」

「ならとっとと失《う》せろ！　この町から出ていくんだ」

「ひ、ひいっ」

伊丹は地面を掻《か》くようにしてじたばたと起き上がると、転がる勢いで公園から走り出ようとした。

「おい、伊丹良彦」

その背中に炎真が声をかける。伊丹は怯えながらも振り向いた。炎真は片手をあげ、言い放った。

「地獄でまた会おう」

伊丹はもう振り向きもせず、走って逃げた。

「これだけ脅しておけば大丈夫だろう」

「エンマさま……」

篁は情けない顔で変形したブランコの柱を見た。

「説得って言いましたよね。今のはどう聞いても脅迫ですが」

「相手が理解し、納得したならいいんだよ」

炎真の背後で司録と司命がひそひそと言葉を交わしている。

「こういうのなんて言うのなのー」

「物事を自分に都合よくねじまげて解釈することねー」

「駅弁ー？」

「キ、弁、じゃなーい？」

「うるさいっ！」

炎真が一喝すると二人はきゃーっと抱えあって飛び上がった。

「俺は魔法使いじゃねえからな。記憶を消したり悪人を改心させたりはできねえよ」

炎真は当然だとふんぞり返った。篁はへこんだブランコの柱を撫でる。

「現世の公共物を破壊するのは問題ですよ？」

「壊してねえ。ちょっとへこんだだけだ、大目に見ろ」

篁はわざとらしい大げさなため息をついた。

「僕はエンマさまの秘書ですからね。でもあの方に知れると怒られますよ」

「おまえが言わなきゃいい」

炎真は自分を見上げている司録と司命を振り返った。

「おまえたち、戻っていいぞ」

「あーいー」

「また呼んでくださいねー」

二人は飛び上がり、くるりと回転する。しゃららーんと鈴の鳴るような音がして、その姿は見えなくなった。

「あいつら……」

「効果音くらいいいじゃないですか、かわいらしい」

篁は微笑《ほほえ》んだ。

「自分たちだけで楽しんでいるならな。そのうち俺やおまえが歩くたびにきゅぴきゅぴ音をつけられたらどうするんだ」

「ああ、それはうっとうしいですね……」

炎真は腕を上げて伸びをすると、首をぐるりと回す。

「それにしても今日は働きすぎだ。とっとと家に戻って寝るぞ」

「まだ日が高いですよ？」

「俺は休暇にきているんだからいいんだよ」

炎真は篁に背を向けた。

「よし、篁！　家まで競走だ！」

そう言って駆けだす。

「ちょっと待ってくださいよ、エンマさまー」

篁は公園を出て道路を渡る炎真に叫んだ。

「道、逆ですよー！」

終

炎真が現世で生活をしているのは武蔵野市にある古いアパートだ。名前はお洒落にメゾン・ド・ジゾー。吉祥寺の駅から歩いて一五分、三鷹《みたか》に近い。二階建てで部屋は六つ。一階の一部屋は大家が住んでおり、一部屋は空き室。住人は炎真たちも含めて五世帯。風呂付きの部屋と風呂なしの部屋があり、風呂なしの方は三万八千円と安い。

炎真たち以外は全員が独り暮らしで、年齢は二〇代から四〇代までバラバラだ。

炎真たちが戻ると、大家がアパートの前で竹箒《たけぼうき》と塵取《ちりと》りを持って掃除をしていた。大家は見た目三〇歳くらいの端整な美貌の持ち主で、舞い散る桜の中に立っている姿はそのまま掛け軸にでも描きたいほどだ。

砂色の綿紬《めんつむぎ》の着物を着て、紺地の前掛けをつけている。前掛けには「男山」と白く染め抜かれているので、どこかの酒屋からでも貰《もら》ったのだろう。長髪に町内会の手拭いを姉さんかぶりにしていると、一見たおやかな女性にも見える。

「おや、お戻りなすった。遅うござんしたね、炎真さん、篁さん」

容貌を裏切らない優しい物言いで、大家は二人に挨拶した。外では仮の名前を呼ぶことになっている。

「ただいま帰りました、地蔵《じぞう》さま……地蔵さん」

篁は言いにくそうに言い直した。アパートの大家は地蔵菩薩《ぼさつ》の化身で現世では地蔵路生《みちお》と名乗っている。昔から炎真がこの世に休暇に来るときは、地蔵が棲《す》む場所を提供していた。

各地の辻《つじ》に祀《まつ》られている地蔵はそのネットワークを活《い》かして不動産業を営んでいる。

もちろん本来の業務は辻を守り、子供を守るというもので、地獄へも賽の河原で石積みをする子供たちを救いに来る。石積みに関して最大のクレームをつけているのは、実は地蔵だ。地獄の中で閻魔と対等に渡り合うパワーと発言力を持っている。

「ふらっと出て、なかなか戻ってらっしゃらないから迷子になったかと案じておりましたよ。お部屋にいらしていただけますか、お話があります」

地蔵の言葉に炎真は顔をしかめた。いやな予感がする、という顔で篁を振り向く。

「おまえ、俺の分まで聞いておいてくれ」

「それはないですよ、怒られるなら一緒に」

「怒られるようなことなんかしてねえっ！」

バサリと二人の頭の上に箒がのる。

「ぐだぐだおっしゃってないで、とっとといらっしゃいな」

地蔵は優しげに微笑んでいる。だが、その糸のように細い目が笑っていないことを、炎真も篁もよく知っていた。

地蔵の部屋もアパートの他の部屋と同じ、二部屋に小さなキッチンのついた2Kと呼ばれる造りだ。部屋によってはフローリングにしてあるところもあるが、地蔵の部屋は二部屋とも畳敷きになっている。

部屋に入ると呆《あき》れたことにまだ炬燵《こたつ》が出ていた。

「お入んなさい」

地蔵は炬燵にはいると、茶筒や湯飲み、急須を載せた盆を上に載せた。

「最初に来たときも思ったが、もう片付けていいんじゃねえのか？」

炎真はそう言いながらも炬燵布団を持ち上げ、膝を中にいれた。いろんなイミでひんやりする。地蔵はお茶を入れると、湯飲みを二人の前に置いた。

「電気をつけてないのですから、ちょっと重たいテーブルクロスだって思ってくださいな」

「物は言いようだな」

「脅迫を説得と言い張るよりマシでござんしょう？」

地蔵の言葉に炎真と篁は顔を見合わせた。

「お茶、どうぞ。おあがんなさい」

地蔵が細い目で微笑む。

「近所の公園で器物破損に及んだそうではないですか、炎真さん」

「篁、おまえ……」

炎真に睨まれ、篁は必死に首を振った。

「僕じゃありませんよ！　一緒に戻ってきたでしょう!?」

「篁さんじゃござんせん。この子たちから聞きました」

地蔵が片手をあげると、ぽぽーんと音がして司録と司命が空中から現れた。

「ごめんなさーい、エンマさまー」

「でもでも地蔵さまに聞かれたらちゃんとお答えしなくちゃなのー」

篁は顔を覆い、炎真は天井を見上げた。

「こ、子供を助けるためだったんです！　それにブランコの柱は少しへこんだだけで」

篁が言うと、地蔵はうなずいた。

「ええ、理由も聞いております。けれど、現世に常世のものが痕跡を残すのはルール違反でござんしょう？」

「まずいねー」

司録が腕を組んで言う。

「ルールは守ってくださいなー」

司命も腰に手を当てた。

「君たちは黙ってて！」

篁が二人に言うと、司録と司命はぱっと口に手を当てた。だがその手の下でくすくす笑っている。

「まあ、そのブランコの柱とやらは、私があとで直しましょうほどに」

「あ、ありがとうございます、地蔵さま！」

篁が炬燵板に手をついてぺこぺこ頭をさげた。だが炎真は空の湯飲みを炬燵板の上に叩きつけるようにして置いた。

「ちょっと待てよ。魂胆があるだろう」

「魂胆？」

地蔵は意外なことを聞いた、という顔をする。

「とぼけんな。おまえが俺のしたことをただでフォローするわけがねえだろう」

「おやまあ、これは参りました。こちらの善意を信じていただけないと？」

「ちょっとちょっとエンマさま、こじらせないでくださいよ」

篁が小声で言って炎真の服の裾を摘む。炎真はそれを振り払った。

「こいつはとぼけた地蔵面だが、長い間人界で揉《も》まれているんだ、俺たちよりよっぽど腹は黒いぞ」

「現世にいるとおなかが黒くなるの？」

司録が驚いた顔で言う。

「地蔵さま、大丈夫なの？」

司命も心配そうな顔で地蔵の腹のあたりを撫でる。

「そんなことはございませんよ。ただ、ひとつ頼みを聞いてもらいたいだけで」

炎真は「ほらな」という顔で篁を見た。

「なに、地獄の閻魔大王になら他愛《たあい》のないこと。ただの幽霊退治でござんすから」

「幽霊退治？　地縛霊がいるのか」

「ええ。ここのところ急に噂《うわさ》になりだしまして。取り壊し予定の廃ビルなんですが、放っておくとお子様たちが肝試しに入りかねません。幽霊よりもビルの事故が怖いんでござんす。だからそこに居座る魂を常世に送っちゃもらえませんか」

「それは死神の仕事だろう。やつらに仕事をさせろよ」

「させておりますよ。けれど連中には捕まえられず。ここはひとつ頼まれてもらえませんか」

「俺は休暇中なんだぞ？」

「脅迫と器物破損を見逃しましょうと申しあげているのですが」

「おまえのそれだって脅迫だろうが！」

「まあまあまあまあ」

顔を突き合わせてにらみ合う炎真と地蔵に、篁が割って入った。

「いいじゃないですか、今日だって一人送ったんだし。エンマさまがお話しすればすぐに行ってもらえますよ」

「安請け合いするな、篁」

「エンマさまー、司録と司命もお手伝いしますー」

二人が炬燵板につかまってぴょんぴょん跳ねる。

「魂が迷っているとかわいそうなの。早く罪を償ってもらって転生させるのなの」

地蔵は細い目をよりいっそう細くした。

「司録も司命もいい子ですね。炎真さん、死者のためです、引き受けてくださいな」

「魂助けはいいさ。だがおまえの命令だってのが気に入らない」

地蔵はとんでもない、と首を振った。

「命令じゃございませんよ、お、ね、が、い、しているんです。その証拠にお礼も用意しております」

地蔵は立ち上がると茶簞笥《ちゃだんす》の上から四角いアルミの缶を下ろしてきた。

「ほぅら、こういうのお好きでしたでしょう？」

ふたをあけると甘いバニラとバターの香り。炎真の頭がぐぐっと引き寄せられた。

「一口、おあがんなさいな」

地蔵が言う前に炎真は指を伸ばした。指先でつまめるそれは、中に木の実とチョコレートを混ぜ合わせた焼き菓子で、口に入れるとほろほろとほぐれる。素朴な作りだが味は奥深く、口の中が幸せになる。

「……うまい」

もうひとつ、と指が伸びたところで無情にもふたが閉じられた。

「あとは魂を回収してからでござんすよ」

「てめえ……」

司録と司命がまたひそひそと声を潜めている。

「こういうのなんて言うんだっけー。おっかないのとおいしいのとで言うことを聞かせるの。飴《あめ》とぉー……」

「斧《おの》!?」

司命がぽんっと手を叩いた。

「死ぬ、死ぬからそれ!」

篁が的確につっこんだ。

「炎真さん、お願いしますよ」

地蔵が頭を下げた。

「これこの通り。脅迫でも命令でもありません、お願いです」

「──わかったよ」

地蔵のつむじを見て、炎真はしぶしぶ答えた。その言葉に篁も司録と司命もわっと声をあげる。

「よかったのねえ、地蔵さま」

「うれしいのねえ、地蔵さま」

「はい、みなさんが応援してくださったお陰でござんす」

司録と司命を左右に、地蔵がニコニコと笑う。

「それはそうと、炎真さん。今日渡したお金、返してくださいな」

地蔵がその柔和な顔のまま手を差し出した。

「えっ？」

炎真がポケットを押さえる。

「なにかあったら困るから、とおっしゃるんで渡しただけですよ。別に困るようなことはなかったのだから、使っていらっしゃらないでしょう？」

「え、いや、」

炎真がうろたえた顔をして篁を見た。

「あれは、その……少し使ってしまって」

「あ、あの、地蔵さま。公園の兄妹に少し施しをしたんですよ」

篁が両手を組んで地蔵を見上げる。

「これも困ったことに当てはまるでしょう？」

「レシートをお見せなさい」

地蔵が表情を変えずにさらに手を伸ばす。炎真はジーンズのポケットから、ずるずると長いレシートを取り出した。

「菓子パンにおにぎりにジュース……アイスとドーナッツとマシュマロとおせんべい……チョコレート菓子にスナックの類……子供への施しの内容にしては嗜好品《しこうひん》すぎやしませんか?」

「いや、その……俺たちのおやつ、としてもな」

「ハニーミルクドーナッツ練乳がけ」

地蔵がレシートから目をあげ、炎真を見た。今はもう笑っていない。

「昨日も買ってらっしゃいましたね」

「ああ、あれうまくてな」

「コンビニで三千円も使うなんて……どういう金銭感覚をしてらっしゃるんですか?」

ゆらりと地蔵が立ち上がった。

「い、いや、消費税ってのがな? そんなの前に俺が来た時にはなかったから……」

炎真と篁は座ったままじりじりと後退した。しかし、六畳の部屋はすぐに壁に突き当たる。

「だ、だからエンマさま、マシュマロかチョコレートはどっちかにしておけって」

「おまえだってポテトチップスのコンポタ味とキムチ味、選べなくて両方買っていたじゃないか」

互いに罪をなすり付け合う二人の襟首を、地蔵ががっしり掴んだ。

「地獄の沙汰も金次第、って言いますよね」

「あ、あれは嘘だ。地獄の判決は金なんかじゃ動かされない！」

「少なくとも私は動かされますよ」

地蔵は二人を引きずって玄関のドアまで行くと、足でバンッと蹴って開けた。そのままぽーんと外へ放り出す。

「今日の晩御飯はらっきょうと塩昆布です！」

炎真と篁の悲鳴が、春の黄昏《たそがれ》の空に響いた……。

第二話

えんま様と廃ビルの幽霊

busy 49 days
of Mr.Enma

序

「くっそー、今日はらっきょうの夢にうなされそうだぜ」

　ごはんと山もりのらっきょう、それに袋入りの塩昆布のみという悲惨な夕食を経て、炎真と篁はよろよろと夜道を歩いていた。

「消費税はほんとに困りますよね、いきなり料金が高くなりますから」

「地蔵のやつも不動産で儲《もう》けているんだから、千円や二千円でぐだぐだ抜かすんじゃねえって言うんだ」

　ぶつぶつ言う炎真を篁はおもしろいものでも見るような目で見た。

「……なんだよ」

　その視線に気づき、炎真は篁を見返す。篁はにやにやしながら、

「いや、現世に来てからエンマさまはお口が悪くなったなあと思いまして」

「あ？」

　炎真はじろりと篁を睨んだ。

「だからそれはおまえの用意したこの器のせいだろ。モデルの人間の生前の口調や性格が残っているんだよ」

「前のときのような学者風にした方がよかったですかね」

「いや、このくらいの方が今の時代のスピードにあってていいんじゃねえの？　俺は気に入ってるぜ」

炎真は首を振って即答した。

「そうですか。実は僕も今のエンマさま、嫌いじゃないんですよ。地獄に戻ってもそのままでいけばどうです？」

「バカ言え」

吉祥寺の駅近くまで来ると、炎真が井の頭公園に寄ろうと言い出した。

「寄り道すると地蔵さまに怒られますよ」

「ちょっと覗くだけだ」

駅を越え、デパートの横の道を通ってゆくと、焼き鳥のいい匂いがしてくる。公園前にある老舗の焼き鳥屋だ。

「くっそ、うまそうだな」

炎真は焼き鳥屋を横目で見て、唇を舐《な》めた。

「焼き鳥買っていきましょうか」

「え？　だって金はさっき地蔵にとりあげられただろ？」

「実は少し残しておいたんです」

篁はポケットから千円札を一枚取り出した。

「でかした！　篁」

「へっへっへ」

店で焼き鳥串を五本、コンビニで発泡酒を三本買い、二人は井の頭公園に入った。

今は桜の真っ盛りで、ピンクの花見提灯《ぢょうちん》が、花を賑《にぎ》やかに彩っている。

平日にもかかわらず、どの桜の下にも大勢の人たちが、ビニールシートを広げて楽しんでいた。

「いいな、こういうの大好きだぜ」

「そうですね、ウキウキしちゃいますね」

大きな池の周りをぐるりと光が取り囲む。木々の向こうには背の高いマンションの灯もたくさん見えた。

「明るくてきれいな夜だな」

背後でどっと大きな笑い声が起こった。会社帰りらしいサラリーマンたちが、缶ビールで乾杯している。炎真は池にかかる橋へ向かった。

「地上の灯が強すぎて星は見えにくいが、これだけの光があれば人間たちは安心して夜を過ごせるな」

「闇を駆逐し、明るい世界にするために人は進化を続けたのかもしれませんね」

炎真は橋の欄干に腕を乗せ、真下の池を見下ろした。花びらがびっしりと水面を覆い、まるで一枚の布のようだ。

「まあ、最近地獄へくる犯罪者は、逆に心に闇を抱えているものが多いけどな」

「昔のように単純な思考の犯罪じゃないですものね」

「光が強ければ影も濃いってことか」

水面に映った桜が揺れる。寝ぼけた魚が跳ねたのか。提灯に照らされた本物の桜の木の上は暗い夜空で、その中を白と赤の光が明滅しながら横切ってゆく。はるか上空を飛ぶ飛行機だ。

「それでもあの光のように、人は先に先にと進み続けるんだろうな」

一瞬、ゴオッと強い風が吹きつけ、桜の花びらが舞い上がった。花見の客たちが歓声をあげる。白い花びらは螺旋《らせん》を描きながら夜の高みに昇って行った。

一

炎真と篁は地蔵に言われた駅近くの廃ビルまで来ていた。

「あー、くそ。面倒くさいことこの上ねえ。俺は現世には休みにきているんだぞ」

炎真はこの期に及んでぶつくさ文句を言う。

五階建てのこのビルは、三年ほど前まではいくつもの店が入り、賑わっていた。だが、建てられてから五〇年が過ぎ、老朽化が進み、耐震も施されていないという理由で取り壊しが決まっている。

その三階の店に幽霊が出ると言う。店の造りからスナックかバーだったと思われる。木製のU字型カウンターに、床につくりつけのローテーブルが三卓。フェイクの観葉植物の鉢が倒れている。

「逆にこんな場所で幽霊を見つける方がすごいと思うぞ」

炎真は持ってきた懐中電灯で店内を照らし出した。丸い光の輪の中で、床に転がっている酒瓶が光を反射した。壁に光を移動させると、取り外したと思われる時計のあとがくっきりと残っていて、長い間営業していたのがわかる。

「鍵がかかってないのがこの店ともう一軒だけだったみたいです」

篁がスマホで検索しながら言う。これは地蔵から借りたもので、現世暮らしが長い彼は、五台ほど所有しているそうだ。

「それにしてもなんでこんなところに来ようと思ったんだか」

「僕が言うのもなんですけど、人間って変に好奇心が強いですよね」

元・人間の篁はスマホの画面を見せた。

「始まりは大学生のオカルトサークルのようです。廃墟《はいきょ》探検とか言って、こうした廃ビルや廃工場などに忍び込み、写真を撮ったり動画をUPしたりしてたようですね」

炎真が覗くと、ライトをセットしたヘルメットを着けた男女が数名、Vサインをして笑っている写真があった。

「この店だな」

炎真は人間たちの背後の風景に目をやった。

「そうです、それでこのあとの写真なんですが」

篁がするすると画面をスクロールさせる。

「これです、見てください」

先ほどと同じ学生たちが別な角度で写っている。背景はカウンターだ。そのカウンターの隅に、横向きの女性の姿があった。黒髪をくるくると巻き上げた、うなじの美しい女性だ。

「この女の人が幽霊だって話なんですよ、彼女はサークルの人間でもないし、ここに来たときは誰もいなかったとメンバーは言ってます」

炎真はスマホを縦にしたり横にしたりして写真を見た。

「この写真じゃ霊かどうかわかんねえな」

「この写真がSNSでUPされたあと、何組か同じようにここで撮影しているんですが」

篁はまたスマホの画面を動かした。

「位置は違いますが、同じ女性が写っています」

「なるほど、目立ちたがりというわけか」

髪をアップにした寂し気な容貌の女性――。

「時刻は大体二二時くらいのようです――今、二一時半になるところですが」

「じゃあ飲みながら待つか。飲み屋だしな」

炎真はカウンターの上にさきほど買ってきた発泡酒と焼き鳥を並べた。

「しかし、出没する時間までわかっているのに、なんで死神の奴は捕まえらんねえんだ？」

「よっぽどすばしこい霊なんでしょうかねえ」

「あるいはこの場所にかなり強い執着を持っているか」

篁は大学生たちのSNSをスクロールした。

「地蔵さまはこの幽霊目当てに子供たちが来て事故に遭ったら大変とおっしゃってましたが、その子供たちってさっきの大学生もはいるんでしょうかね」

「そうじゃねえのか？」

「ああいう連中は自己責任でお願いしたいものですが」

篁は案外冷たい口調で言う。

「地蔵は過保護なんだよ。あいつにとっちゃ、小学生も大学生もみんな子供なんだ」

発泡酒が三本とも空いたところで、懐中電灯の光がカチカチ、と瞬き弱くなった。

炎真と篁は光を見て、顔を見合わせた。

「来るぞ」

呟《つぶや》いた途端、店の様子が変わった。

オレンジ色の光が壁や天井を染め上げる。カウンターは磨いたように輝き、埃《ほこり》まみれのテーブルはなくなって、深紅のソファが床の上にいくつも置かれていた。そこには客たちも座っている。毛足の長いカーペットをピンヒールが柔らかく踏みしめ、着飾った女の子が歩いてゆく。

「いらっしゃいませ」

耳に届く甘い声。カウンターの中ではバーテンダーがシェイカーを振っていた。天井のミラーボールがマーブルな白い光をくるくると弾《はじ》いて、そこかしこでグラスを重ねる音がした。バックに流れるのはゆったりとした歌謡曲。

「これは……」

篁はきょろきょろと首を回した。店内の人間は誰も炎真と篁に注意を払ってはいない。まるで自分たちの方が幽霊のようだ。

「篁、入り口のソファに座っている女……、」

炎真に言われて篁は振り向いた。赤いソファに黒いドレスの女が座っている。それは、スマホの写真に写っていた女だ。

「あ、ほんとに出た」

女はその衣装からホステスのように思えた。しかし客が隣にいるにもかかわらず、それを無視してじっとドアの方を見つめている。

「そうか、あの横顔……。ドアを見ていたのか」

炎真はカウンターから立ち上がると、ソファに座る女のそばに向かった。一歩足を踏み出すたびに室内の色が消えてゆく。壁に並んでいた酒が消え、バーテンダーが消え、ミラーボールの光が消え。

「おい——」

ソファに座る女も隣の客も炎真のことは見えていないようだった。徐々にその姿が薄れ、やがて消えた。

「エンマさま、こっち……」

篁の声に振り向くと、カウンターの内側に女が立っている。すでに部屋は今現在の打ち捨てられた廃墟となっていた。

炎真はゆっくりとカウンター内の女に近づいた。

「今のはおまえが見せたのか？」

女は炎真の言葉に答えない。

「なぜ、ここにいる？　なぜ、あの世に向かわない？」

（やくそく……）

小さく女が呟く。

（やくそくがあるの）

「約束？　誰と。どんな約束だ」

（……わからない）

「なに？」

（わからないの。でも、約束したの。だから）

突然、ピーッ、ピーッ、ピーッと激しい機械音が響いた。どこで鳴っているのかわからない。耳の奥に突き刺さるような音だ。

「なんだ、これ！」

炎真は耳を押さえた。

「エ、エンマさま！」

篁も耳を押さえカウンターに突っ伏している。

「エンマさま、む、胸が苦しいです」

「篁!?」

カウンターの中の女も自分の胸を押さえ、前かがみになっている。

「この音を止めろ！」

炎真が怒鳴った途端、音は止《や》み、そして女の姿も消えていた。

「……なるほど。手ごわいな」

篁が顔をあげ、自分の胸をパタパタと叩いている。

「あー、びっくりした。急に心臓がバクバクって。握りつぶされるように痛くなりました よ……」

「大丈夫か？」

「はい、もう平気です。しかし今のはなんだったんでしょう？」

「あーくっそ、面倒ごとはごめんだっていうのに……」

炎真は両手で前髪をかきあげた。

「捜すぞ」

「へ？」

ドンッと炎真はカウンターを拳で叩いた。

「今の女だ。とっ捕まえて必ずあの世に送ってやる――！」

二

炎真と篁は、翌朝三鷹駅前に来ていた。住んでいるアパートからはむしろ三鷹へ出る方が近い。駅前から続く大通りは、中央通り商店会という名称で、ずらりと店が並んだ長い商店街となっている。

その中に建つ雑居ビルの中に、くだんの廃ビルから撤退したスナックのオーナーが新しい店を出していた。

幽霊の正体を知りたいのであの店の持ち主だった人間を捜したい、と言ってみたところ、地蔵がその場所をあっさり教えてくれたのだ。

「不動産つながりであのビルを管理しているところとも懇意でござんしてね。あの店のオーナーだった方は、今は三鷹でスナックをやってらっしゃるようです」

地蔵はカレンダーを切って作った裏紙に住所をメモしながら言った。

「きっと店のことについて聞かれると思いましたから、あらかじめ調べておきました」

「準備がいいな」

炎真は皮肉気に言った。

「ブランコの件がなくても俺を働かせようと思っていたんだろう」

「いいえ」

地蔵は大げさにのけぞる。

「死神たちに追わせるために、でござんすよ」

「どうだか」

地蔵は財布から千円札を二枚取り出した。

「話が長くなってお昼の時間になったら、これでランチでも召し上がってくださいな」

「ありがとうございます、地蔵さま」

篁は押し頂くようにして二千円を受け取った。

「くれぐれもコンビニで無駄遣いしないように。今日の晩御飯は生姜焼《しょうが や》きの予定でござんすが、らっきょうもたーんと用意してありますからね」

炎真がぐぐっとこぶしを握り、篁は弱々し気な笑みを浮かべた。

「あとこれを」

地蔵が差し出したものに篁は首をかしげた。

「なんですか、これは」

薄い、カード状のものを受け取り、篁は日差しにかざした。

「PASMOです。これで電車やバスに乗れますよ。話がどう転がるかわからないので念のため持っててください」

「ああ、これが噂の。現世の人間たちが使っているのを見たことはありますが、ついに僕たちもICカードデビューですか」

炎真もPASMOを受け取り、裏、表とひっくり返してみた。

「こ、これで電車に乗れるのか!?」

顔に笑みが広がる。

「エンマさま、電車やバスに乗りたいっておっしゃってましたものね。機会があるといいですね」

「そうだな」

炎真はカードを大事そうにポケットに収めた。


そんなわけでやってきた三鷹駅前のスナック、店の名前は『よりみち』。そういえば廃ビルに入っていた店は『みちくさ』という名前だった。道が好きなのだろうか。

「いやいやいや。その幽霊とうちはなんの関係もないと思うよ？」

不動産屋を通して話を聞きたいとアポをとったスナックの店主は、大げさに両手を振った。

「だいたいうちの女の子、誰も死んでないし、その写真の子にも見覚えはないよ」

店主があの店を居ぬきで借りたのが一三年前だという。自宅が同じ三鷹市にあるという店主は、朝早くからわざわざ店まで出てきてくれた。

「お店をやってらしたときなんですが、ミラーボールは天井にありましたか？」

篁が昨日見た店内の様子を思い出しながら聞く。店主は首を振って、

「いや、ないねえ。大体、ミラーボールってのは昭和の遺物だろ。今時そんなのつけている店はないよ」と笑った。

「オレンジ色の照明も、赤いソファも置いていなかったと」

「ないない」

炎真と篁は顔を見合わせた。

「とするとあの映像は別な店か」

炎真が唇を親指で撫でながらつぶやく。

「居ぬきで借りたとおっしゃってましたが、前もスナックだったんですか？」

篁がメモを取りながら聞く。

「スナックというかクラブだね。けっこういい歳のばあちゃんがやっててね、四〇年やってたっていうからすごいよね」

自分もいい歳だろう店主は腕を組んで思い出すように言った。

「四〇年、ですか」

「ミラーボールもあの店ならつけていたかもね。俺が借りたときはもうなかったけど」

「その方と連絡がとれますか？」

篁が勢いこんで聞くと、店主はうなずいた。

「連絡先はわかるけど。でも、あの時分でもう七〇越えてたから生きているかなあ」

店主に教えてもらった前の店の持ち主、野分萩代《のわけはぎよ》は、今は埼玉の方に引っ越していた。スマホからかけた電話に出たのは、家政婦だと名乗る女性だった。

クラブをやっていたころのお話が聞きたいと頼むと、「お待ちください」と保留音が流れた。スケーターワルツの最初のフレーズを一五回聞いたところで、ようやく家政婦が戻ってきた。

「こちら大宮なんですが、自宅まで来ていただければお話しすると申しておりますが」

「大宮、ですか」

「どこだそれ」

篁はスマホを手で押さえながら答えた。

「電車に乗れますよ」

「やった！」

炎真が拳を作る。篁はスマホに向かって元気よく答えた。

「伺います。詳しい住所と行き方を教えてください」

大宮に行くには中央線で新宿まで出て埼京線に乗ればよい、と家政婦は電話で丁寧に教えてくれた。篁は何度もスマホの画面でルートを確認する。炎真よりは多く現世に来ている篁だが、実は電車に乗ったことがなかった。

「だって普段は地獄から直接出てきていましたからね」

篁は言い訳した。

「えーっと、中央線で新宿まで行って……そこで埼京線に乗り換えて……大宮で降りる」

さっきからこの言葉を念仏のように篁は唱え続けている。

「大丈夫か、おまえ」

青ざめている篁に炎真は心配そうに言う。篁は笑みを引きつらせて「任せてくださ
い」と親指を立てた。

三鷹の駅の改札で、人間たちがICカードをパネルにタッチしているのをじっくり観察した炎真と篁は、恐る恐る挑戦してみた。カードをパネルに当てるとゲートがバタンと開く。炎真はそこをだっと走り抜け、「どうだ！」と振り向いた。

「お見事です、エンマさま！」

篁もパネルにタッチしたあと、両手をあげ、さらに爪先立ってゲートを駆け抜けた。

「僕もできました！　やりましたよ、エンマさま！」

「ようし！　よくやった！」

二人は改札を抜けた先で喜びのハイタッチをする。そばを通り過ぎる人々は大声をあげる二人に迷惑そうな視線を向け、行き過ぎた。

「あの小さなドアに挟まれたら内臓が潰されそうだな」

「地獄の拷問のひとつに加えたいくらい、ハラハラしますよね」

恐怖を乗り越えた二人は勇んで中央線に乗り込んだ。

「あー、よかった。まずは第一関門突破ですね」

電車の中で篁は胸を撫でおろす。

「この電車に乗れればあとは新宿でもう一度乗り換えるだけですから楽勝です」

「そうか、引き続き頼むぞ」

炎真もほっとした顔で座席に座った。

「おお、篁、見ろ見ろ。やっぱ速いな、すげえ、楽しい」

炎真は窓の外を流れる景色に目を向けた。はしゃいだ声があがるのは、初体験なのだから仕方がない。

「ずいぶんとたくさんの住宅が密集している。しかも線路沿いぎりぎりだ。大丈夫なのか、電車が飛び込んだりしないのか」

「線路の上しか走らないのですから大丈夫なのでは？」

住宅の合間に白いあわあわとした桜が見える。菜の花やチューリップが揺れている線路もあった。

「それにしても考えてみるとおかしな話だ」

炎真は線路沿いの家にはためく洗濯物に目を細めながら呟く。

「なにがですか？」

「幽霊だ。『みちくさ』の店主は自分の店で働いていた女じゃないという。その前の店の女だとすると、一三年以上前だ。だが、『みちくさ』が営業していたときは幽霊は出ていない。なんで今になってそんな古い幽霊が出てくるんだよ」

炎真は窓に顔を向けたまま言った。

「店が営業してたから遠慮してたんじゃないんですか？」

篁はそんな炎真の横顔を見ながら言う。

「そんな律義な幽霊がいるかよ。だいたい幽霊になって出てくるってやつは、理屈が通じないやつの方が多いんだ、自分のルールで動いている」

「今、出てきているっていうことに、なにか理由がありそうですね」

「今現れる理由か……」

炎真は顔を車内に戻し、指先であごをつまんだ。

「しかしなんといっても問題なのは」

「はい？」

「一三年以上も死者の魂を取り逃がしていた死神だ。担当地区のやつは一度キツく締めとかなきゃな」

炎真は両方の指を組み、パキパキと骨を鳴らしてみせた。


新宿駅に降り立った炎真と篁は、あまりにも大勢の人間の数に目を見張った。

「なんだこれは！　人が……人と人の隙間がないぞ！」

「あっちからもこっちからも人が来ます！　なんですか、これ、人の洪水ですか！　なんでこんなに集まっているんですか！」

何度か人の行き交う間を通り抜けようとしたが、そのたびに弾き飛ばされ、二人は壁に張り付いた。

「こ、これは……さっきの改札より通り抜けるのがむずかしいぞ」

「しかし、ここを抜けないと埼京線に乗れません」

「くっ、入り口は見えているというのに……！」

炎真は埼京線と書かれた案内板を睨みつけた。

「仕方ない、中央突破だ」

「ええっ！　エンマさまの力で人にぶつかったら死人が出ますよ!?」

「じゃあどうすればいいって言うんだ！」

癇癪《かんしゃく》を起こした炎真がドンッと壁を叩く。ビシッと嫌な音がして、壁にひびが入った。

それを見て篁が悲鳴をあげる。

「だめですよ、エンマさま！　現世のものを壊すとまた地蔵さまに叱られます」

焦る篁の前を男性が一人通りすぎた。スマホを耳に当てて話している。

「――うん、今から大宮に行くから……」

篁の目が輝いた。

「エンマさま！　この人の後ろに付いてください、大宮に行くと言ってます」

返事をするより早く、炎真はその人間の背後を追った。篁も急いで追う。

中年のサラリーマン風の男は、自分の背後に二人の青年が息のかかる距離に張り付いていることに気づいていない。二人は男と歩調を合わせ、なんとか埼京線の階段付近まで近づいた。だが。

ここにきて急に男は別の階段に向かおうとした。

「お、おいっ！　どこへいく！」

炎真は思わず男の肩を掴んだ。

「ひえっ!?」

男は振り向き、必死の形相の炎真に悲鳴をあげる。

「埼京線に乗るんじゃないのか！」

「えっ？　えっ？　いや、湘南《しょうなん》新宿ラインに乗ろうかと」

サラリーマンはなぜ自分が怒られているのかわけがわからない。

「大宮に行かないのか！」

「あ、あの、湘南新宿ラインでも大宮に行けるから……」

炎真は篁と顔を見合わせた。

「そうなのか？」

「そうなんでしょうか」

二人がサラリーマンに顔を向けると、彼はコクコクと秒の速さで首を振った。

「よし、湘南新宿ラインまで案内しろ」

「えええ？」

炎真と篁はサラリーマンの後ろについたまま、湘南新宿ラインのホームへ上がった。

地上の風を浴びて炎真がほっとした顔になる。

「このホームの電車で行き先が大宮ですから」

男はホームの案内板を指さして言った。

「どうもありがとうございます！」

篁は男の両手を握って言った。

「東京に出てきたばかりの田舎者でして、助かりました。驚かせて申し訳ありませんせん」

「い、いいえ、いいんですよ。新宿駅はわかりづらいですからね」

サラリーマンは同情めいた視線で篁に答える。

「おまえの親切は忘れない。地獄に来たときは何かあっても減刑してやるからな」

炎真もにこやかに言ったが、その言葉は男の顔をこわばらせるのに十分だった。


大宮で二人が訪ねた先はこぢんまりとした一軒家だった。四〇年、クラブを経営して建てた家なのだろう。

インタフォンで名前を名乗ると庭に回るように言われた。家の外観から想像していたよりは広い庭に通される。縁側に老婦人――野分萩代が車いすに乗って待っていた。

「こんな格好でごめんなさいよ、足を悪くしてしまったもんだからね」

野分萩代は一三年前で七〇過ぎ、ということは今は八〇を越えているはずだが、血色もよく、元気そうだ。

長年クラブのママをやっていたせいか、着ているものもぱっと目を引くような明るい色柄もので、来客に備えたのか薄く化粧もしている。いまだにきちんと「女」をしている女性だった。

「うーん、ちょっとわからないねえ」

クラブの跡地に出る幽霊の話をして、写真を見せても、萩代の反応は鈍かった。

「アタシの店の名前は『赤い風船』って言うんだよ。アタシがその店をやってたのはもう一〇年以上前だし、開店したのはそれこそ四〇年も昔だからね。その頃はアタシだってこんなしわくちゃじゃなかったし」

しわくちゃ、と言うが、萩代は同年代の女性に比べてしわは少ない方だと思われる。

「たぶん、お店にミラーボールがあった頃なんですが」

炎真と篁は萩代の足元、縁側に腰を下ろし、お茶をご馳走《ちそう》になっていた。篁の言葉に萩代はかわいらしく首を傾げてみせた。

「ミラーボールは店を始めたときにつけたんだよ。三〇年は持ってくれたかね」

「となると、昭和四〇年から六三年の間ということですね」

「そうそう。天皇陛下がお亡くなりになる前の年に壊れたんだよ」

萩代は懐かしそうに言った。

「まったく動かなくなっちゃってねえ。あの頃はミラーボールを修理するところだってもうなかったんだよ」

「オレンジ色の照明や赤いソファはずっと使っていたのか？」

炎真が尋ねると萩代は首を振った。

「オレンジ色は貧乏くさいって言われてけっこう早めに止めたね。赤いソファは修理しながら使っていたけど、座面に穴があいちゃったから、取り替えたよ。あれは――そうね、尾崎紀世彦《おざききよひこ》の『また逢《あ》う日まで』が流行《はや》ってた頃だ」

「だいぶ年代が絞れてきましたね」

「――歌、か」

炎真はぱっと顔をあげた。

「あのとき、歌が流れていただろう、覚えてないか？」

「ああ、流れてましたね、覚えてます。こんな感じの曲で」

篁が口ずさむ。彼は人間であったときから驚異的な記憶力を持っていた。一度目にし、耳にしたことは忘れない。

「あらまあ、懐かしい」

萩代は手を叩いて喜んだ。

「それは荒木一郎《あらきいちろう》の『空に星があるように』だよ。この歌も流行ってねえ、毎晩レコードをかけたもんだ。万博が始まる少し前の時代さ」

たった一つ抱いた小さな夢、それが時の流れの中で消えてゆく……そんな切ない歌

な歌だった。

詞だが、曲調は明るく優しい雰囲気で、その悲しみや寂しさを穏やかに包み込むよう

「その時代の女なんだ、どうかな、思い出せないか？」

萩代は歌を唇に乗せた。庭に目をやりながら、その瞳は時を遡っているようだ。

「ああ、懐かしいね、この年になってまたあの頃のことを思いだせるなんてね」

萩代はうっとりとした顔になった。

「店を開いて一番楽しかったときさ。毎晩たくさんの男たちが来て、賑やかだったんだよ。ミラーボールの光がくるくる回って、その下でみんなが踊ってね……」

笑い声、ざわめく声、グラスの鳴る音、音楽と煙草《たばこ》の煙。萩代の中にきっとそんな風景が描かれている。

戦争の記憶もまだ残ってはいるが、人々は夢と希望という言葉に追い立てられるように新しいものを求めた。景気が上向きになってみんながしゃにむに働いた時代。テレビでコマーシャルが溢《あふ》れ、新しく便利なもの、清潔で美しいものがどっと家庭に流れ込んできた。

「女の子たちもたくさん雇ったよ……蛍子《けいこ》ちゃん、藤子《ふじこ》ちゃん、どうしてるかね。かなり長い間お店を手伝っててくれたんだよ。ほんのちょっとしかいなかった子もいたけど、そういう子が毎年年賀状をくれたりさ。ああ、そうだ……」

萩代はスマホの画面を見た。

「この子……思い出したよ」

「だ、誰ですか!?」

篁が萩代の足元に身を乗り出す。

「だけど、もしこの子が幽霊だって言うなら、間違いだと思うけどねえ」

「その判断はこっちでする。思い出した女の名前を教えてくれ」

萩代は奇妙なものを見る目で炎真を見た。

「あんたは変な子だねえ。ずいぶん坊やのくせに、なんだかアタシのじいさんに言われているような気になるよ、本当はいくつなんだい?」

「まあ二千歳は越えているかな」

萩代はくくっと唇の先で笑った。

「まあいいや、アタシが思い出したのは詩衣子《しいこ》ちゃんさ。ほんの三ヶ月だけ働いていた子だよ。だけどね、この子のはずがない。だって」

萩代は篁にスマホを渡した。

「詩衣子ちゃんは生きているからね。アタシと同じ、ババアになっているはずさ」

帰りの埼京線に揺られながら、炎真と篁は無言だった。

萩代から聞いた菅沼《すがぬま》詩衣子という女性のことを考えていたのだ。

「詩衣子ちゃんはね、いわゆる箱入り娘だった。女子高を出てずっと家の手伝いをして外のことなんかなにも知らなかった。何も知らないまま、見合いして結婚したんだ。当時一九歳だったそうだよ」

一度思い出すと箱から水が溢れるように、萩代は昔のことを話しだした。

「詩衣子ちゃんは自分の人生に不満を持っていたわけじゃなかった。夫婦仲もよかったしね。ただ、なにかしてみたかったんだろうね。二〇の時、旦那が三ヶ月、外国に出張に出かけたんだよ。それでうちにやってきたんだ、三ヶ月だけ、働きたいって」

萩代は指を折って数を数えた。

「七時から一一時まで毎日四時間、詩衣子ちゃんはまじめだったよ、外で働いた経験がなかったから、お客さんと話すのは苦手だったみたいだけど、そこが初《うぶ》でかわいいって人気があった。お客さんの話をにこにこ黙って聞いているような子だった。『空に星があるように』をよくお客さんと歌っていたよ」

そんな詩衣子が恋をしたのだと言う。

「そう、恋。初恋だったんじゃないのかね。あの子は恋愛をせずに結婚したからね」

詩衣子の恋の相手はヤクザだった。牧田《まきた》正嗣《まさつぐ》という三〇代の男で、組の中でそれなりの地位があったのに、いつも一人で来て一人で飲んでいた。くだをまいたり暴れたりせず、静かに飲む男だった。

「気がつけば詩衣子ちゃんはいつもその男の隣に座ってたよ」

二人の間でどんな会話が交わされたのかはわからない、と萩代は言った。ただ本気で愛し合っていたのは互いの目を見ればわかった。

「あの二人の間にからだの関係はなかった。プラトニック・ラブってやつさ」

詩衣子が辞める前日に萩代は彼女に聞いた。

「あんた、あの男のことを忘れられるのかい？」

詩衣子は寂しそうに微笑んで言った。

「ええ、ママ。わたし、牧田さんに約束をもらったの。だから忘れられるの。また元の生活にもどって、平凡で幸せな主婦になるのよ」

その言葉通り、詩衣子は二度と店に戻ってはこなかった。ただ、毎年年賀状が届き、彼女の息災を知っていたのだという。

「去年はこなかったけど、一昨年《おととし》までは届いてたんだよ。だから少なくとも一昨年まで は生きていたはずさ、ババアになってね。こんなに若い幽霊になるはずがないのさ」

萩代はそう言って電子タバコをくわえた。

「いつもは忘れているのに、今日はよく思い出せたよ。まるで昨日のことみたいに」

「二人の約束ってなにかわかるか？」

萩代は炎真の問いに首を振った。

「アタシは聞いてないよ。聞いちゃいけないような気もしたからね。あの二人だけの秘密に他人が関わる必要はないよ……」


野分萩代と別れた後、炎真は司録と司命を呼び出し、菅沼詩衣子の記録を探させた。死人の名前がわかれば記録があるかどうかわかる。しかし、詩衣子の記録はなかった。ということは萩代が言うとおり、彼女は死んでいないようだ。同じく、牧田正嗣の記録も見つからなかった。

死んでいない人間の記録は、その人間を前にしないと取り出せないので、詩衣子がどんな約束をしたのかはまだわからなかった。

「店に出た幽霊も約束があるって言ってましたよね」

「だが、覚えてないとも言っていた」

「幽霊が約束を忘れることなんかあるんでしょうか？　そもそも幽霊になるっていうのは執着が強いということでしょう？」

「ないこともないな」

炎真はあっさりと答えた。

「あまりに長い年月が経つと、霊自身も自分がなにをしているのかわからなくなる。ただそこにいるのが目的になるやつだっている」

「菅沼詩衣子が生きているとなると、あの店の幽霊は別人なんでしょうか」

「いや……」

炎真は指先であごをつまんだ。

「そうじゃねえかもな」

「え――？」


吉祥寺で電車を降りてアパートに戻る。線路沿いに歩いて住宅地の路地を進めば、地蔵の管理するアパート、メゾン・ド・ジゾーがある。

メゾン・ド・ジゾーは二階建てで、上下に三室ずつ。大家の地蔵は一階の左端に住んでいて、炎真と篁は二階の左端、つまり大家の真上に住んでいることになる。

「メゾン・ド・ジゾー」

炎真はアパートの外階段にぶらさがっている看板を見て呟いた。

「ほんとに恥ずかしいよな、この外観で」

白いモルタル仕上げの真四角な建物で、あちこちひび割れができている。窓の外の柵は赤さび、各部屋の扉もかなり傷んでいるようだ。

「築四〇年とおっしゃってましたからね」

炎真が階段を昇ろうとしたとき、上から降りてくる人間がいた。白い薄手のチュニックに細身のパンツ、足元はピンクのスニーカーの女性だ。

炎真は昇ろうとした足を止め彼女が降りてくるのを待った。女性はすれちがいざま、軽く会釈をした。ショートカットの細いうなじを春の日差しが柔らかく照らしている。

どこかで会ったか？

ちらっと後ろを振り返ると、彼女もこちらを振り返っていた。細い眉がちょっと寄せられると、その顔のまま近づいてきた。

「あの、もしかして大家さんの知り合いの大央さん……ですか？」

声をかけられて思わずうなずく。

「ああ、そうだ。大央だ。こっちは同居人の小野」

篁もあわてて頭をさげる。女性はそれを聞いてぺこりと深く頭をさげた。

「あ、あの、このたびはご面倒なことをお願いしてしまって」

「え？」

「あの、わたし、森田《もりた》と言います、森田琴葉《ことは》。このアパートの二〇一号室のものです」

森田琴葉という女性はアパートの上のほうを見上げた。

「大家さんにおばあちゃんのことを相談してて……そうしたら知り合いが調べてくれるっておっしゃって。こんなこと誰に相談していいのかわからなかったんですけど、ほんとに大家さんが親身になってくれて」

「ちょっと待ってくれ、話が見えない」

炎真は手を上げて溢れだす琴葉の言葉を遮った。

「地蔵に相談したって、なんだ？」

「あ、あの」

琴葉は両手の指を胸の前で組んでもじもじとからだを揺すった。

「あの、ほら、あれ。あれです。ビルに出る幽霊のことです。ツイッターにＵＰされたのを見たら、あれ、うちのおばあちゃんの若いころにすごく似てて、それで気持ち悪くて怖くてどうしようって……」

炎真は篁と顔を見合わせた。

「おばあちゃん!?」

三

ドアをノックすると地蔵が顔を出した。昨日と同じように紬の着物を着ている。

「お帰んなさい」

「地蔵、てめえ、」

炎真は地蔵の着物の襟首を摑むと、その勢いのまま玄関に押し込んだ。

「あの幽霊の正体、知っていたんじゃないか」

「おやおや、いきなりなんです」

壁に押し付けられても地蔵は笑顔のままだった。

「森田って女があの幽霊の身内だと言ってたぞ！」

「おや、琴葉さんにお会いになったんでござんすか」

地蔵は表情を崩さず、自分の首を摑んでいる炎真の指に手を置いた。

「店子《たなこ》の悩みは大家の悩み。相談されれば解決して差し上げたいでしょう？」

「最初から菅沼詩衣子だってわかってたなら俺たちが埼玉くんだりまで行く必要な

かっただろうが！　なに面倒くさいことさせるんだよ！」

　炎真は食いつくような勢いで地蔵に顔を寄せた。

「確証があったわけじゃないんですよ、それを確かめてもらいたくて」

「確かめるだあ？」

「似てる、というだけで本人かどうかわからないんですもの。だいたい森田さんのおばあさまはまだご存命でいらっしゃるから」

　ぎりぎりぎりと、穏やかな笑みのまま、地蔵は炎真の指を引き剝がす。

「ああ、俺たちも確認したよ。あの店の前の持ち主から話を聞いてな。菅沼詩衣子は生きていると言っていた」

「琴葉さんのおばあさまは昨年から入院なさってて、入院しているうちに認知症を発症されたそうでござんす。意識がはっきりしているときもあるけれど、ぼんやりなさっているときの方が多いとか……琴葉さんはおばあちゃん子で、詩衣子さんの若いころの写真が好きでお守り代わりにもってらっしゃるそうです」

　炎真は地蔵の首から手を離した。地蔵は着物の襟もとを直しながら、

「大学進学のために上京してらした琴葉さんは、最近ネットで話題になっている幽霊の写真を見て、おばあさまの若いころに似ていると驚かれて……こんなふうに幽霊となって現れるおばあさまの体調が心配で仕方がないんですよ」

地蔵は悲し気な口調で言った。

「孫娘の話はどうでもいい、問題はばあさんの方だ」

「幽霊の写真はやはり菅沼詩衣子さんでしたんで？」

「あの店の元の持ち主は似ていると言っていた」

炎真の言葉に地蔵は腕を組んだ。

「幽霊の他人の空似というのがあるんでしょうかねえ」

「いや、……もう一つ可能性がある」

「可能性？」

玄関から篁がおずおずと顔を出す。

「エンマさまー、地蔵さまにやりすぎちゃだめですよー」

「うるせー！」

炎真は足でドアをバンッと蹴って閉めた。地蔵の方を振り向くと、

「おまえも『源氏物語』は知っているだろう？」と聞いた。

地蔵は当たり前、というように両手を広げる。

「それはもちろんですよ、日本における初めての長編小説じゃないですか」

「その第九帖《じょう》、葵《あおい》の巻だよ」

地蔵は細い目を見開いた。

「六条御息所《ろくじょうのみやすどころ》……生霊《いきりょう》ですか！」

炎真と篁は新潟県直江津市に来ていた。ここに森田琴葉の祖母が入院している病院がある。この土地までは現世の電車や飛行機を使わず、一度地獄に戻って現世のその場所とつなげるという移動方法を取った。

炎真としては新幹線に乗りたかったので、いくら地獄経由の移動が速くても最後まで文句を言っていた。

「新潟の方も花盛りだな」

道路沿いに薄紅色の綿あめのような桜並木が続いている。

「なんとなくこちらの桜の方が色が濃いような気がしますね」

炎真と篁は駅前からタクシーに乗った。今回は地蔵からたっぷりと資金をもらっているので贅沢《ぜいたく》できる。

「車というのは気持ちがいいな」

炎真はタクシーの窓に顔を押し付けるようにして流れる景色を見ていた。

「電車よりスピードを感じることができる。目線が低いからか」

「お気に召してなによりです」

「前に来たときも乗ったがこんなに静かで揺れずにしかも速いとはな。人間の進歩というのはすげえもんだ」

しきりに感心していると、運転手がバックミラー越しに目をあわせてきた。

「おにいさんたち、どこからきたの？」

「え？　あ、あの東京です」

突然話しかけられ、篁があわてて答える。

「東京のタクシーはそんなに乗り心地が悪いのかい」

「あ、いや、あはは……」

「いや、本当にこのタクシーは気持ちがいいぞ」

炎真は身を乗り出していった。

「ずいぶんと修練を積んだんだろうな、熟練の技だ」

「いやあ」

運転手は照れくさそうに笑う。

「まあ俺も二〇年以上ハンドル握っているからねえ」

「おまえが地獄に来たときは俺の専属運転手にしてやろう。楽しみにしているといい」

「え？　ジゴク？」

篁はあわてて炎真の口を押さえた。

「あ、いえ、そ、その、流行ってるんですよ、スマホゲームで気に入ったタクシーを登録したりするの。すみません、不躾《ぶしつけ》な物言いで」

「ああ、いいよいいよ、うちの会社でも若いモンがずっとスマホいじってゲームしてるからね。そうなの、タクシーのゲームとかあるの」

「はい、まあ、あ、はは……」

運転手にはよく意味がわからなかったようで、適当に脳内で補完されたらしい。愛想のいい答えに篁は苦く笑うだけだ。

炎真は口から篁の手を外すと仏頂面で窓の外に目をやった。

「おにいさんたち、もうじきだよ」

桜並木の向こうに、白い大きな建物が見えてきた。菅沼詩衣子が入院している老人病院だ。


病院に入ると、ロビーは吹き抜けになっていて、ガラスの天井から明るい日差しが入ってくる。待合室のソファの色もカラフルで、奥には白いピアノも置いてあった。パジャマ姿の患者がうろうろしてなければホテルのようにも思える。

「これが病院か。前に来たときは暗くていかにも病気が蔓延《まんえん》していそうな場所だったのに、ずいぶんと清潔で明るくなったものだな」

炎真はロビーに立ち、興味深く周りを見まわした。

「医学もここ百年でずいぶん進化しましたからね。病気の治療だけではなく、患者や医者の意識も変わったんでしょう」

菅沼詩衣子の病室は、地蔵が琴葉から聞いていた。廊下もパステルピンクを基調とした色に彩られている。ナースステーションの近くには入院患者が食事やレクリエーションを行う広いスペースもあり、そこは大きな窓があって明るい。何人かの老人が椅子に座ってテレビを見たり、塗り絵をしたりしている。

廊下に並んだ病室のドアはすべて開放されており、車椅子が通るためか、ベッドの間隔も広く取られていた。

大体は四人部屋のようだったが、菅沼詩衣子は個室だった。

「こんにちは、菅沼詩衣子さん。……失礼しますよ」

近づくと、紙のように薄い体の老婆の姿が白いベッドの上にあった。頬にも唇にも血の気がなく、布団の上に置かれた腕は枯れ枝のように細い。その腕の先の手は分厚いミトンで覆われていた。

鼻にビニールの管が入り、病衣の胸の部分からもコードが出て、ベッドサイドの機材につながっている。

「これが菅沼詩衣子か？」

　老婆は細く目を開けていたが、炎真たちが入ってきても無反応だった。これが菅沼詩衣子なら、大宮に住む野分萩代より若いはずだったが、まるで発掘されたミイラのように見える。

「これは……話を聞ける状態でしょうか？」

「俺は百年ぶりなんでよくわからないんだが」

　炎真は首を傾げて横たわった菅沼詩衣子を見つめた。

「あの手袋はなんだ？」

「あれは聞いたことがあります。患者が勝手にあの管を外さないようにはめているんですよ。認知症で理解できなかったり、無意識に取らないように。同じ理由で手首をベッドに縛り付けている病院もありますから、こちらはまだ良心的な方でしょう」

「鼻に入ってる管は？」

「食事のための管です。飲み込みができない患者は鼻や、胃に穴を開けて直接栄養を送り込むんです」

　聞いていた炎真は、はーっとため息をついた。

「なんだか現世でも地獄のようなことをしてるんだな」

「いやいやいや、そんなこと言うと患者さんも病院も気の毒でしょう。みんな生きるために一生懸命なんですから」

篁は身をかがめると菅沼詩衣子の耳元で声をかけた。

「菅沼さん、詩衣子さん、聞こえますか？」

詩衣子は瞬きしたが、表情は変わらない。

「詩衣子さん、あなたは吉祥寺の『赤い風船』というクラブを覚えていますか？ あなたが三ヶ月だけ働いていた店です」

老婆は答えない。篁はゆっくりと言葉を区切って言った。

「赤い風船で、牧田さんという人と、なにか約束をしましたか？」

詩衣子はガラガラと喉を鳴らした。痰《たん》が絡む不快な音だ。だが篁の質問に答えようとしたわけではないようだ。

「……篁、歌え」

見守っていた炎真が呟いた。

「は？」

「歌だ。あの店で幽霊が見せた幻、そこで流れていたあの歌だ。野分萩代も歌で思い出した。もしかしたら菅沼詩衣子にも効果があるかもしれない」

「ああ……はい」

篁はうなずくと、ベッドに手を置き、小さな声で歌いだした。昭和四一年にヒットした歌、切ない歌詞を柔らかなフォーク調の曲に乗せて歌ったあの歌、『空に星があるように』。

歌い終わって篁は詩衣子の顔を見たが、表情に変化はない。

「もう一度歌え」

篁は炎真に言われるまま歌を繰り返した。二度、三度、四度……。

「おい、」

炎真は篁の肩を摑んだ。詩衣子の唇がかすかに動いている。

「歌を続けろ」

炎真は篁に命じると、老婆の頭の方に回り、耳を寄せた。

「……」

掠《かす》れてはいたが、確かに詩衣子は歌を歌っている。

「菅沼詩衣子……牧田となにを約束した……?」

反対側の耳に炎真は囁《ささや》いた。

「『赤い風船』で……牧田と約束をしただろう?」

詩衣子は薄いまぶたを押し開け、ゆっくりと瞳を動かした。炎真は耳元から顔を離し、瞳を覗き込む。

「……」

詩衣子の視線が確かに炎真を捉えた。

「やく、そく」

息のような音で詩衣子は囁く。

「やくそく……したの……」

「どんな約束だ？」

詩衣子の視線が炎真を離れた。どこか遠く、記憶の彼方《かなた》を見つめているようだ。

「……やくそく……」

「牧田と約束したんだな、内容を覚えているか？」

炎真の質問に、詩衣子は呆然《ぼうぜん》とした顔をした。

「……ない」

「え？」

「わから、ない」

ピーッと甲高いアラーム音が響き渡った。それはベッドサイドの機器から鳴っている。

「エンマさま、この音！」

あのとき、廃ビルの幽霊が消えるときに鳴っていた音だ。篁と幽霊を苦しめた音。

「ううっ」

詩衣子がミトンのはまった手で、胸をかきむしる仕草を見せた。皮膚の色がたちまち黒ずみ、表情が苦し気に歪《ゆが》む。

「おいっ、菅沼詩衣子！」

「だ、大丈夫ですか！」

炎真と篁は詩衣子の突然の苦しみに、声をかけることしかできなかった。

「菅沼さん！」

看護師が部屋に飛び込んできた。炎真と篁を見て、ちょっと驚いたようだったが、すぐに病室から出るようにと言った。二人はドアから出て廊下の壁に背をつけた。

「司録、司命！」

炎真が呼ぶと、袖の長い、着物に似た服を身につけた男の子と女の子がふわりと空中から現れた。もちろん今回もぽぽーんという音がついている。

「はーいー」

「おそばにー」

二人は床に着地するときょろきょろと周りを見まわした。長い袖をぱたぱた振ってそこいらを駆け回る。

「わー、ここどこー？」

「変な匂いがするのねー」

炎真は二人の背後のドアを指さした。

「司録、司命。この部屋のベッドに菅沼詩衣子がいる。彼女の記録を出せ」

「えー？」

二人の子供は入り口から顔を覗かせ、ベッドを見た。すぐに顔を引っ込めると、ぶるぶると頭を振る。

「見えませんー」

「本人を確認しないと記録は出せませんー」

炎真は舌打ちした。

「融通の利かないやつらだな」

「仕方ありませんよ、ルールですから」

篁の言葉に炎真はうなずき、二人の子供を左右の腕に抱えあげた。

「きゃーっ」

「エンマさま力もちー」

司録と司命は足をバタバタさせて歓声を上げる。エンマは二人を抱えたまま病室に入った。看護師が驚いた顔で振り向く。

「なんですか、あなたは。出てください！」

「少しだけ待て」

炎真はベッドに近づくと、両腕の二人をぐいっと前に突き出した。詩衣子の顔を確認させる。

「ほら、これでいいだろ」

司録と司命は顔を見合わせうなずいた。

「はーいー」

「菅沼詩衣子さん、確認しましたー」

看護師は奇妙な衣装の子供に目を丸くする。司録と司命はそんな看護師に向かってにっこり笑ってみせた。

「邪魔したな」

炎真はさっとカーテンの外に出た。

「これでいいだろ、記録を出せ」

「はーいー」

二人が手を上げるときらきらきらと音がして空中に一本の巻物が現れた。先の公園の男より太いのは、それだけ長い年月を生きてきたためだろう。

篁が落ちてくるそれを受け取る。

「よし、場所を変えよう」

炎真は二人の子供を抱えたまま、同じ階のレクリエーションルームへ向かった。

のんびりとテレビを見ていた老人たちは、いきなり駆け込んできた炎真に驚いたようだったが、床におろされた司録と司命を見て、ぱっと顔を明るくした。

「おやまあ」

「どうしたんだい、その子たちは」

「かわいらしいこと、今日は七五三だったかね」

みんながよろよろと椅子から立ち上がり、二人のそばに近寄ってくる。

「司録でーす」

「司命でーす」

二人は愛想よく、老人たちに挨拶した。

「まあかわいい」

「孫を思い出すねえ」

「きれいな刺繍だねえ、坊やのはなんだい、その帽子」

老人たちにちやほやされて、司録と司命は嬉《うれ》し気《げ》だ。老人たちに乞われるまま、くるくる回ったり頭を撫でられたりしている。炎真はそんな二人を放って、ルームの大きなテーブルの上に巻物を広げた。

「昭和四一年、四一年……」

開いたそばから篁が巻き取ってゆく。炎真は巻物の記述を辿《たど》り、とうとう目的のものを見つけた。

「あった！『赤い風船』、就職！」

そのあたりの記述を丹念に読む。本人が忘れていても記録は消えない。牧田と交わした約束は書かれているはずだ。

「――これか！」

炎真の指がある記述のところで止まる。そこには牧田との出会いや、彼に対する思いが書かれていた。静かで寂し気な微笑みの下に秘められた強く激しい愛情――。

抱き合うことも唇を重ねたこともないのに、詩衣子は牧田にすべてを奪われていた。

「これが……菅沼詩衣子さんが忘れてしまった約束ですか？」

篁もその記述を読んだ。その内容にはっと目を見開くと、炎真の顔を見上げる。

「エンマさま、この約束の日って」

炎真は顔を上げてルームの壁に下がっているカレンダーを見た。

「明日、だな」

四

その日の夕方、炎真と篁は吉祥寺駅前の廃ビルに向かった。

「菅沼詩衣子は入院してから認知症を発症した。それまでは牧田と交わした約束を覚えていたと思われる」

歩きながら炎真は自分の考えを篁に話した。

「おそらく、指折り数えて待っていたんだろう。五〇年という長い歳月を」

炎真が見た記録では、今日この日の夜に菅沼詩衣子は牧田正嗣と『赤い風船』で再会する約束をしていた。

「五〇年もたてば互いにジジイとババアだ。昔の恋も笑って話せる、あるいは懐かしむことができると思ったのか」

「だけど認知症になって約束の内容を忘れてしまったんですね」

篁は痛ましそうな顔をした。

「約束したことはかろうじて覚えていたが……」

「切ないですねえ。ようやく約束が果たせるときになって」

薄赤い夕焼けの中に廃ビルが黒々としたシルエットになっている。炎真と篁は中に入って懐中電灯をつけた。

「約束に対する執着が、あの老婆の魂を飛ばしてしまったんだろう。若いときの姿で現れたのも無理はない。彼女の記憶には当時のことしか残っていないんだからな」

窓から夕日が入り込み、反対側の壁を赤く染める。まるであの頃のクラブのライトのように。炎真はその廊下を歩きながら言った。

「記憶はないのに魂は覚えている。脳と心は違うってことか」

「しかし、約束とはいえ五〇年ですよ。菅沼詩衣子は覚えていたとしても、牧田が覚えているとは思えませんね」

「なぜだ？」

炎真は篁の顔に懐中電灯の光を当てた。篁はそれを掌《てのひら》で遮り、

「だって相手はヤクザですし……。詩衣子さんが思っているほど本気ではなかったんじゃないんでしょうか」

いささか不満げな口調で言う。

「そればっかりは牧田に聞かないとわからないな。詩衣子の記録には彼女の気持ちしか書かれていない」

炎真は店の扉を開けた。ガランとした室内にも西日が入り込み、昔と同じ色に染め上げている。

「よし、待つか」

炎真はカウンターに買ってきた缶ビールを置いた。今日は発泡酒ではない。

「来ますかね?」

「わからんな」

プルトップを上げて缶の内側に押し込む。

「牧田正嗣の記録はなかった。ということはまだ死んでいない。もしかしたら菅沼詩衣子と同じように入院して身動きができない状態なのかもしれない、覚えていないのかもしれない、覚えていても来ないかもしれない。どんな状況なのかはわからん」

炎真は思いつく限りの可能性をあげた。

「はっきりしているのは、きっと今夜も菅沼詩衣子は生霊となってここに来るだろうってことだ」

篁はスマホをカウンターの上に置いた。時間を表示させるためだ。

今は一八時。長い夜になりそうだった。

スマホで動画を再生してそれをつまみに酒を飲みながら三時間。炎真が水のように流し込むのでカウンターの上に空き缶がどんどん増えた。

「そろそろ酒がなくなりそうだぞ」

炎真は缶を振って言った。

「コンビニで補充してきましょうか」

「そうだな、頼む」

「今日は地蔵さまにいただいたお金がたっぷり残っていますからね、大盤振る舞いですよ」

篁は嬉しそうに言って店を出て行った。

炎真は缶を空けながら窓から外を見た。駅前の明かりがにぎやかしい。

地蔵に言わせると、吉祥寺は女性が住みたい街なのだと言う。地蔵のアパートも実際は三鷹駅の方が近いのに、「吉祥寺駅徒歩一五分」と表記される。

線路沿い、新宿の方角を眺めると、高層ビルの光が夜の中に浮かび上がっていた。

人は闇を光で埋めようとしている。空に上に光を伸ばす。そして足元はまっくらだ。

地獄へ堕ちてくる人間たちも凶悪な犯罪者が増えた。彼らは光の中に棲み、背後に暗く長い影を作る。文明のせいだとは言いたくないが、複雑な思いを育てる一因ではあるのだろう。

ふと、炎真は顔を上げた。足音が聞こえたのだ。篁ではない。あんなにひきずるような重い足音では。

「誰だ？　まさか、」

炎真は入り口を見つめた。ノブが引き下げられ、ギイッと音を立ててドアが開く。

現れたのは――。

「牧田、か？」

ドアの外に老人が立っていた。彼はカウンターにいる炎真にぎょっとした顔をする。

「おまえ、牧田正嗣か？」

炎真の問いに、老人は鋭い視線を向けた。頭部にはほぼ髪はなく、顔には幾筋もの深いしわが刻まれている。背は軽く曲がり、骨にじかに張り付いたような手の皮膚には濃い染みがあった。しかし、目には強い意志がある。

「おまえさんは誰だね」

老人は警戒しながら店に入ってくる。彼がいくつもの修羅場をくぐってきたことは、その隙のない所作からも窺えた。

「俺は大央という。菅沼詩衣子の代理だ」

「――詩衣子……？」

その名前に、老人のからだから一気に緊張が抜けた。

「詩衣子……、あの人は、覚えていてくれたのか」

「ああ」

「失礼したね、確かにわしは牧田だよ」

老人は両腕を広げ、自分を牧田だと認めた。

「菅沼詩衣子は覚えていた。覚えて、待っていた。だが、彼女は今動くことができないんだ」

認知症である、とは炎真は言わなかった。

「そうか……」

牧田はカウンターに近づいてきた。

「おまえさんは詩衣子の孫かね」

「いや、そうじゃない。ちょっと関わることになったものだ」

老人は炎真のすぐ隣に立ち、カウンターに肘を置いた。天井や壁に目をやる。

「内装は変わったんだなぁ」

「店が変わったんだ。『赤い風船』は一三年前に閉店した。ここは別の店になり、そこもビルの撤去が決まって出ていったんだ」

炎真もぐるりと見回して言った。

「そうか、……そうだな、もう五〇年だ」

「おまえもよく忘れずに来たな」

炎真の言葉に牧田は薄く笑った。

「わしの……たったひとつの夢だったからな」

「〝空に星があるように〟か？」

炎真が言うと牧田は顔を上に向け、目を閉じた。

「そうだ、たったひとつの小さな夢……きっと叶《かな》わないと思っていたが、それを抱いていたから何度ムショに入っても耐えられた。そして五〇年も生き続けてしまった……」

廊下の方から軽い足音が近づいてきて、ドアが勢いよく開けられた。

「エンマさまー、ビール買ってきましたよー」

篁はカウンターに牧田老人がいるのに驚いて立ち止まった。

「えっ、だ、誰!? えっ？ まさか、牧田さん!?」

「そのまさかだよ。篁、ビールを寄越《よこ》せ」

炎真は篁からコンビニの袋を受け取ると、缶ビールを牧田に渡した。

「約束を守った褒美だ、やるよ」

牧田は唇に渋い笑みを浮かべ、ビールを受け取った。

「約束か……」

牧田が爪の先でビールのプルトップを引っかく。何度か試して、やがて諦めたのか、弱々しい笑みを浮かべて炎真を見た。

「すまんが開けてくれないか？　もうこんなものですら開けられないくらい力がなくてな」

牧田が缶を炎真の方に押しやる。炎真は黙ってプルトップを起こした。

「ありがとうよ、若いの」

篁はビールを傾ける牧田の横に立った。両手を胸の前で組み、瞳に感謝を乗せて老人を見つめる。

「牧田さん、来てくださったんですね。なんか感動しました」

「そうかね」

「菅沼詩衣子さんもずっと今日を待ってらしたんですよ。でも、今は病院にいらして」

牧田はその言葉に篁を見た。

「詩衣子は入院しているのかね」

「はい……」

「容態は？」

「心臓に問題があるようでした」

「そうか……」

炎真はビールをカウンターに置いた。

「俺たちがここに来たのは見届けるためだ」

「見届ける？」

牧田は缶ビールから口を離し、炎真を見た。

「菅沼詩衣子は約束に執着するあまり、病院のベッドにいるにもかかわらず、魂だけがこの場所に現れるようになった」

牧田は意味がわからない、というように首を傾げる。

「生霊になってここに出てくるんだよ。だがそれはあまり面白いことじゃなくてな。今日、おまえに会えば、彼女も満足してそういう遊びをやめてくれるんじゃねえかと期待しているんだが」

「若いの、年寄りをからかうんじゃないよ」

牧田は乾いた笑い声を上げた。

「魂だの生霊だの……年寄りを騙《だま》すのはオレオレ詐欺だけで充分だ」

「嘘じゃない、もうじき現れるはずだ」

炎真はカウンターの上のスマホ表示を見た。

「律儀なんだよ」

そう言った途端、店の雰囲気が変わった。部屋の中がオレンジ色に染まり、その中ににじみ出すように赤いソファが現れる。毛足の長いカーペットがするすると伸び、ミラーボールの光が雪のように降り注ぐ。煙草の香りさえ漂ってきた。

「こ、これは」

牧田はうろたえて周りを見た。

「菅沼詩衣子の記憶だ」

炎真や牧田のもたれているカウンターも、顔が映りそうなくらい磨かれ、上に丸い氷の入ったグラスが置かれていた。

いつのまにか白いシャツに黒いベストのバーテンダーがそのカウンターに入り、シェイカーを振っている。薄いドレスを着た女たち、背広姿の男たち。どこかぼやけてガスに色がついたように曖昧だ。

「ああ……これは……『赤い風船』だ、そうだ、あの店だ……」

牧田はよろりとカウンターを離れた。ソファに近づいていく。

「詩衣子……」

ソファには髪をアップにした寂しげな女性が座っていた。彼女はじっとドアを見つめている。

「詩衣子……おまえは変わらないんだな……」

やがてすべての映像が消える。ガランとした部屋の中、ただひとつ残っているのはうなだれた詩衣子の姿だけだ。

「詩衣子——」

牧田は詩衣子のそばに向かった。

「詩衣子、約束を果たしに来たぞ」

(……やくそく……)

詩衣子は顔をあげ、ぼんやりとした瞳で呟く。

「そうだ、約束だ。五〇年前、おまえと二人で交わした約束。それがたったひとつの俺の夢だった」

(たったひとつの……ちいさな……ゆめ……)

「そのためだけに生きてきたんだ」

詩衣子は牧田がわからないようだった。無理もない。詩衣子は五〇年前の世界に生きている。だが牧田は年老いた。背の曲がった老人だ。彼女には——わからない。

「詩衣子さん、牧田さんです。あなたが会いたかった、五〇年待った牧田さんです!」

篁が叫ぶ。こんなに待ったのに、詩衣子にそれがわからないことがはがゆくて、切なくてどうしようもない、という顔だ。

「篁、静かにしろ」

「だって、こんなの悲しすぎます！　会っているのにわからないなんて！」

牧田は詩衣子の前に立った。二〇歳の若々しい詩衣子。そして年老いた牧田。牧田は枯れた頰に笑みを浮かべた。慈しむ、優しい微笑み。

「詩衣子……おまえが魂でも生霊でもかまわない、約束を果たしにきてくれたんだろう？　俺たちの約束、たったひとつの……」

（たったひとつの……？）

「小さな夢だ」

牧田は自分のポケットに手を入れ、それを取り出した。

「汚れきった俺だから、守りたいものがあった。信じたかった、五〇年変わらない心なんてものを。信じててよかった、信じて生きてきてよかった……！」

キラリと。

牧田の手の中で光るものがあった。

「詩衣子、これを」

牧田を見上げていた詩衣子の瞳に生気が戻った。

（ああ、牧田さん、約束を）

「詩衣子」

牧田は手を差し伸べた。応えるように詩衣子も腕を伸ばす。牧田の人差し指と親指の間に銀色に輝く細い指輪があった。

「結婚してくれ」

約束は、プロポーズ。五〇年たって互いに独り身だったら一緒になろうと。

だが、魂だけの詩衣子の指にはそのリングをはめることができない。牧田は自分の手に重なり、しかし実体のない詩衣子の手をとれなかった。喜びに満ちていた牧田の顔がたちまち悲しみに曇る。

「牧田」

炎真はカウンターを離れると、見つめあう二人に近づいた。

「本当はここまでおせっかいをするつもりはなかったんだがな」

牧田は不審気な視線を炎真に向けた。炎真はそれを無視して声をあげる。

「司録、司命！」

「はーいー」

「おそばにー」

二人の子供がぽぽーんという音と一緒に空中から現れた。さすがに牧田がぎょっとして一歩下がる。

「地獄から藕絲《ぐうし》で織った衣を持ってこい」

炎真は着地した子供たちに命じる。

「えー」

「持ち出すと他の王様に怒られますー」

司録と司命が困った顔で眉を下げる。

「いいから持ってこい」

炎真が重ねて言うと二人はしぶしぶという顔で手を伸ばした。しゃんしゃん、とタンバリンの鈴のような音がして、薄い織物がふわりと現れる。

炎真はその布を空中で受け取り、牧田に渡した。

「これを詩衣子にかけてやれ」

「若いの……あんたはいったい……」

「俺の正体より五〇年かけた約束の方が大事じゃないのか？」

炎真がにやりとする。

牧田はその織物を手に取った。細くきらきらした糸で織られたごく軽い布だ。手の上にあってもほとんど重さを感じない。オーガンジーよりももっとしなやかで柔らかな手触りだ。

牧田はその布を詩衣子の頭にふわりとかけた。

「詩衣子の手をとってみろ」

炎真の言葉に牧田は恐る恐る詩衣子の手に触れる。

「……さわれる」

牧田は詩衣子の指を握った。

「さわれる、触《ふ》れられる……詩衣子」

「牧田さん」

詩衣子の声もはっきりと聞こえた。

「蓮《はす》の茎から取り出した蜘蛛《くも》の糸より細い糸で織った布でーす」

司録が自慢げに言う。

「その昔、中将姫《ちゅうじょうひめ》が仏さまを現世に顕《あらわ》すために織った布と同じでーす」

司命はうっとりした顔で、花嫁のヴェールのような布を見つめている。

「仏が出てくるくらいなら、魂くらい実体化できる」

炎真の言葉も牧田と詩衣子には聞こえていないようだった。二人は手をとりあい、見つめ合っている。

「指輪を受け取ってくれるか？　詩衣子」

「ええ――ええ、」

牧田は詩衣子の左手の薬指に銀色の指輪をはめた。

「牧田さん、わたし、不幸ではなかったわ。夫と平穏に幸せに暮らしたの……。子供も三人できて、孫もいるのよ」

「そうか」

詩衣子は左手の薬指にそっと右手で触れた。

「でも、いつも心のどこかにあなたがいた。そのたびに夫には申し訳ないと思ったけれど、あなたを消すことはできなかった。わたしはよい妻で、よい母であろうとした。でも、決して恋人には——なれなかった。わたしは……」

詩衣子は初めて炎真の方を振り向いた。

「わたしは罪人でしょうか。夫を愛さなかった罪で裁かれるのでしょうか」

「俺は今、休暇中だ」

炎真は顔をしかめて言った。

「そういうむずかしい案件はあとでじっくり検討する」

「おまえが罪を犯したというなら、その罪は俺がもらってやる。どうせ数えきれないほどの罪を犯した俺だ、今更増えてもかまわない」

牧田が詩衣子のからだをだきしめる。

「罪は譲渡できねえぞ」

炎真がぼやく。

店の中が再び淡いオレンジ色に染まりだす。赤いソファも現れ、白いミラーボールの光も回りだした。

流れる曲は『空に星があるように』。

牧田と詩衣子はその曲に乗って踊り出した。ぴったりと寄り添い、頬を寄せ合い、手を互いの背に回し。

「幸せだ……」

牧田が囁く。

「わたしも……」

詩衣子が答える。

くるり、くるり、と二人が回るたびに、老人だった牧田が若返る。瞳を交わし、微笑んで、五〇年前の愛し合った姿に戻る。

「詩衣子……きれいだ……ありがとう……」

「牧田さん、嬉しい……」

くるり、くるり。

回っているうちに詩衣子の姿が薄くなっていった。そして牧田の動きもゆっくりになり、やがて――。

詩衣子の姿が消え、牧田もその場に崩れ落ちた。ふわりと藕絲の布が床に落ちる。

「牧田さん……！」

篁が駆けつけた。脈をとり、首筋に手を当てる。

「――死にました」

「そうか」

炎真も牧田の顔のそばに膝をついた。

「寿命か……」

「おそらく」

そこに白いマントの死神が現れた。前にバイクの男を回収しにきたのと同じ死神だ。どうやら吉祥寺周辺の担当者らしい。

「あ、閻魔さまじゃないですか」

死神は驚いた顔で、かぶっていたつば広の白い帽子をとって挨拶した。

「現世で休暇中とは聞いていましたが、よくお会いしますね」

炎真は白い衣装の死神に顔をあげた。

「ああ、役目ご苦労」

死神は牧田のからだに手をかけると、その胸からすうっと同じ姿の老人を引き出した。炎真は死神に抱えられ、姿を消して行く牧田に声をかけた。

「俺は今休暇中だ。裁きまで時間がかかる。その間詩衣子と待っているがいい」

聞こえたのか聞こえなかったのか、魂となった牧田の顔には、穏やかな微笑みが浮かんでいた。

あとには――老いた男性の脱《ぬ》け殻《がら》だけが転がっている。

「地獄でまた会おう」

炎真は呟いた。

「炎真さま、ご遺体、どうしますか？」

遺体に目を向けて篁が首をすくめる。

「このまま放置したら誰にも見つけてもらえなくなります」

「ビルを出て公衆電話から警察に連絡してくれ」

「わかりました」

篁が走って出て行く。炎真は窓に近寄ると、眼下に瞬く地上の星を見つめた。

終

「そうですか。それではもうあのビルに幽霊は出ないのですね」

「たぶんな。あとで森田琴葉に確認してくれ」

炎真と篁は地蔵の部屋で一緒に朝食を取っていた。地蔵が自分で漬けたというぬか漬けがおいしい。男三人で囲むにはちゃぶ台が少し小さかった。

「あのあと捜したが指輪はなかった」

炎真は味噌汁《みそしる》を音をたててすすった。

「実体化した詩衣子がはめたまま戻ったから、彼女の手にあるかもしれない」

「遺族はびっくりするでしょうね、急に指輪をはめているから」

篁はかき回していた納豆を白米の上にかけた。

「浪漫《ろまん》ちっくですねえ」

昨日の夜につくった高野豆腐と野菜の煮物をつつきながら、地蔵が言う。

「五〇年胸に秘めた恋、五〇年後のプロポーズ」

「別に五〇年前に駆け落ちしてもよかったんじゃねえか？」

炎真は首を振った。納豆とたくわんをご飯の上に載せてガシャガシャとかき回す。

ピンポーンと玄関でインタフォンが鳴った。

「はいはい」

地蔵が立ち上がって玄関に出た。

「おや、森田さん」

地蔵の声に炎真と篁は箸を止め、振り向いた。遮るもののない六畳二間、玄関にいる森田の姿が地蔵の向こうに見える。

「おはようございます、大家さん」

森田は挨拶をし、家の中に炎真たちがいるのを見つけて頭を下げた。

「あの、昨日連絡があって、新潟の祖母が亡くなったそうなんです」

「おや、それは御愁傷様です」

炎真と篁は目を見交わした。

「それで今から新潟に行くことになって。二日ほど留守にします」

「わかりました。気をつけていってらっしゃい。ああ、それから、」

地蔵は肩ごしに炎真たちを振り向き、

「彼らに調べてもらいましたが、あのビルに出る幽霊というのは森田さんのおばあさんではなかったようでござんす。昔あのクラブで働いていたホステスさんだそうですよ。店の持ち主に確認してもらいました」

「あ、そうなんですか」

「それに、もう幽霊は出ないみたいです」

「そうですか……」

琴葉は小さくため息をついた。

「少し残念です。もし幽霊がおばあちゃんだったなら、お話しできるかと思ったのに」

「幽霊なんかにならない方がいいんですよ。ちゃんと転生して、現世に戻ってこないといけないですからね」

「そうですね。きっとおばあちゃん、生まれ変わって幸せに生きることができますね」

琴葉は顔をあげると明るく言った。

「じゃあ行ってきます」

「はい、いってらっしゃい」

地蔵が手を振り、森田琴葉の軽い足音がパタパタと遠ざかってゆく。ちゃぶ台に戻ってきた地蔵を炎真が箸で指す。

「嘘をついたな。幽霊が菅沼詩衣子ではないと」

「彼女の祖母だと言う方が説明が面倒でしょう？　どの道もう出ないんだし。——ところでエンマさま」

地蔵が箸を手にとりながら言う。

「新宿駅のコンコースの壁……壊しましたよね？」

「へ？」

「壁になぞのヒビが入ってて、駅の職員の方々が大慌てだそうでござんすよ」

「な、なんでそれを」

「現世のものを壊したり傷つけたりしちゃだめですよって、言いましたよね？」

地蔵の糸のように細い目が光る。

「い、いや、あれはつい……。だってあんなに人間が多い場所は……」

「そうですよ、僕ら、一歩も先に進めなくて」

炎真と篁が交互に言い訳する。地蔵はぬか漬けを口に入れると、バリバリと音をたてて噛んだ。

「エンマさまともあろう御方《おかた》が言い訳とは情けない。ここは大王らしく、罪を認めて罰を受けてもらいましょうか」

「ら、らっきょうはいやだぞ！」

悲鳴をあげる炎真を無視して、地蔵が笑みをつくる。しかし目は笑ってない。

「実は、隣の部屋の長谷川さんがお悩みがあるらしくて」

「俺は現世に休暇にきたんだ！　もう働かねえぞ！」

「人に迷惑かけたんだから人助けしなさい！」

「いやだ——！」

メゾン・ド・ジゾーに炎真の悲鳴が響く。果たしてエンマさまは残りの日々を休むことができるのだろうか……？

第三話

えんま様と緑の道

busy 49 days
of Mr.Enma

序

おさんぽにいこうよ。

かぜがきもちいいよ。

おひさまもでているよ。

あのおおきなかわにそったみどりのみち。

はっぱがゆらゆら、ちょうちょがひらひら。

ずっとずっとあるいていける。

だからいっしょにおさんぽにいこうよ。


「カーット！」

末吉圭太《すえよしけいた》はカチンコ代わりのうちわを振って言った。

「もうちょっと楽しそうに歩いてくれよ、数週間ぶりの散歩だぜ？　待ちに待っていたって感じでさ」

言われた女性は唇を尖らせた。

「楽しそうに歩いているつもりだよ、これ以上どうすんのよ、スキップでもする？」

「そうじゃなくて、心の問題だよ」

「だって、もう一時間も歩いていたら、疲れちゃって楽しくなんて歩けないよ」

そう文句を言われて圭太はため息をついた。

「わかったわかった、じゃあ三〇分ほど休憩にしよう」

その言葉で周りにいたスタッフたちも伸びをしたり、芝生の上に横になったりする。井の頭公園に玉川上水を挟んで隣接する西園、通称〝小鳥の森〟。ここは広い芝生や自然のままの遊歩道があり、名前の通りたくさんの木々の間を飛び回る鳥たちを見ることができる。井の頭池を抱える恩賜公園とはまた違う趣の公園だ。

末吉圭太と同じ大学の映像研究部の仲間たちは、この場所で映画を撮っていた。学生フィルムフェスティバルに応募する作品を、去年の冬から作っているのだ。

ビデオカメラで撮影して映像編集ソフトで編集する。映像作り自体は簡単になったが、結局人間が演技をする、という根本的な部分は変わらない。

「よお、末吉」

同じスタッフの山下《やました》がそばにきて腰を下ろした。

「なんであいつをヒロインにしたの？　顔はいいけど全然演技できねえじゃん」

「今更だろ、おまえだって竹内《たけうち》をヒロインにするって言ったら喜んでたくせに」

「あんなに下手くそだと思わなかったんだよ」

「竹内は努力してるよ。台詞《せりふ》をとちらずに言えるようになったし」

山下はため息をつく。

「大丈夫なのかね、この映画」

「大丈夫さ」

圭太は友人の背中を叩いた。

「おまえの脚本、面白いもの。面白い脚本を使って面白い作品を完成させるのは俺の仕事だ」

山下は照れた顔で立ち上がると、腰に手を当ててコキコキと首を鳴らした。

「期待してるよ、監督」

圭太は公園で思い思いに休んでいる仲間たちを見た。みんな去年からよくついてきてくれている。バイトや講義でときたま抜ける人間はいても、まだ誰も辞めていない。

圭太は今回の作品に手応えを感じていた。賞を狙えるいい映画ができるはずだ。

この映画は脚本の山下と話し合って作った。圭太の幼い頃の記憶が基になっている。

緑の散歩道、いつもすれ違う人、母親との喧嘩《けんか》、親友の秘密、かわいいペット、なくしたもの、見つけたもの、みんなあの道に置いてきた。そんな少年時代の切なさ。

圭太の話を山下はよく理解し、リリカルでセンチメンタルな脚本に仕上げた。部員たちもみんな、映像で見たいと言ってくれた。

絶対いい作品になる。

自分も横になって休もうとしたとき、その視界に見たくない男の姿が入ってきた。

圭太は飛び起きると隣にいたスタッフに早口で言った。

「ごめん、俺、買い物思い出した。休憩、あと二〇分ほど延長するから」

「あ、はい」

圭太は早足で仲間のそばから離れた。遠くからその様子を見ていた男も、圭太の動きに合わせて歩き出す。

圭太は玉川上水を越え、恩賜公園の方まで来た。

「おい」

橋の向こうから声をかけられる。いやいや振り向くと立っているのは本郷鉄二《ほんごうてつじ》だ。

「俺の顔見て逃げなくてもいいじゃねえか、監督さん」

「……」

首の後ろにじっとりと汗がにじみ出てきた。

一

炎真は信号のない道で、こちらに渡りたそうにしている老婆を見つけた。左右を見て車のこないタイミングを見ているようだが、一歩を踏み出す勇気がないらしい。

炎真はさっと道路に飛びだした。車がタイヤを擦りながら急ブレーキをかける。

「おいっ！」

怒鳴ってくるガラス越しの運転手に手を振って、炎真は老婆のもとまで走った。

「おまえ、」

そばに立って顔を覗き見ると、彼女は驚いた顔で後ろに下がった。

「こんなところでなにをしている」

「あの、わたし……」

正面から睨む炎真の顔が怖かったのかもしれない。炎真はそれに気づいて無理やり口角を上げた。

「向こうへ渡るのか？」

炎真の言葉に老婆は一生懸命うなずいた。

「わかった、俺が手を引いてやる」

炎真が手を差し出すと、彼女は丸い茶色い目で見上げた。片目が少し濁っている。目が悪いのかもしれない。

たっぷり三〇秒はためらってから、老婆はおそるおそる手を差し出した。

「よし」

炎真は老婆の手を引き、車の流れが止まったところで道路を渡った。

「ありがとうございます」

老婆は何度も白い頭を下げた。白いブラウスに淡いベージュのカーディガン、茶色いスカート、足元は白い靴下にサンダルばき。首元には寒さ避けなのか、色あせたバンダナを巻いている。

「おまえ、名前は？」

いきなり言われて彼女は驚いたようだったが、じっと見つめる炎真の目に気圧されたようにうつむいた。

「さ、さくらと言いますが」

「さくらか。これからどこへ行くんだ？」

炎真の質問にさくらは正直そうな面《おもて》を上げた。

「あの子のところへ参ります」

「あの子？」

「はい、かわいいかわいい……あの子のところです」

そう言うと首をすくめてうふふ、と笑う。炎真は軽くため息をついた。

「場所はわかっているのか？」

「わかっておりますとも。わたしにはわかるんです、あの子のことをいつも考えていましたからね」

老婆は自信たっぷりに答える。

「そうか」

炎真はもう一度老婆の手を取った。

「じゃあ、俺が途中まで一緒に行ってやろう」


恩賜公園と西園をつなぐ橋のたもとで、圭太は本郷鉄二に肩を摑まれていた。本郷は同じ講義を受ける同期の学生だった。

「こんなところまで来なくてもいいだろ、本郷」

「おまえが俺から逃げ回るからだろ」

本郷はにやにやしながら圭太の肩を自分に引き寄せた。

「金、貸してくれよ」

圭太は本郷の顔を見た。目にかなりの怒りを乗せてみたのだが、本郷は屁とも思っていないようだ。

「――前の金も返してもらってないぞ」

「こんどあわせて返すよ、だからさ」

目と目を見合わせて、しかし先に逸《そ》らしたのは圭太の方だった。

「……いくら？」

圭太はうつむいて財布をデニムの尻ポケットから引っ張りだした。

「そうだなあ、しばらくおまえにつきまとわないって約束で、一〇万ほど都合してもらおうかな」

その言葉に圭太は目をむいた。

「じゅ、一〇万？　無理だ、そんな金！」

「無理？　無理じゃないだろ、いいカメラ持ってるじゃねえか」

「カ、カメラ？」

圭太は息を呑む。

「そう。おまえが部費を盗んだ金で買ったカメラだよ」

圭太は本郷のシャツを摑みあげ、周りに素早く目を走らせた。本郷はそんな圭太をにやにやしながら見る。

「大丈夫さ。誰も聞いちゃいない。誰も知らない。俺が金を貸したおかげですぐに部費は元に戻せたからな」

「……っ」

圭太はのどを喘《あえ》がせて本郷を睨んだ。

「だけど、監督が部費を黙って自分のものにしちゃいけないよな。こんなことバレたらみんなおまえを信用できなくなって、映画も撮れなくなるかもな」

「……」

圭太は本郷のシャツから力なく手を離した。

「映画、作りたいんだろう？　末吉」

「……つくりたい……」

本郷はうつむいた圭太の肩を抱くと、その薄い胸をバンバンと叩いた。

「じゃあ、俺を黙らせるためにもきっちり一〇万用意しろ」

「だ、だって、そんな金……」

本郷は下から圭太を見上げ、だらしのない笑みを見せた。

「カメラを売りたくないんなら、マチ金で借りるとか、そのへんの年寄りから貰うとか、いろいろあんだろ、ああ？」

「な、なにを言ってんだ」

「へえ、今更お上品ぶるのかよ。部長のくせに部費に手をつけた裏切り者が」

裏切り者――その言葉が圭太の胸を抉《えぐ》る。

「いいな、一〇万だぞ。今週いっぱい待ってやるからな」

本郷は圭太を突き飛ばすと橋を渡ってまた公園へ戻った。圭太はずるずると橋の欄干に沿ってへたり込んだ。

「マチ金とか……無理……」

部費を使ったのは、どうしてもカメラが欲しかったからだ。前から狙っていたカメラが家電店の閉店セールでかなり安く出ていた。今すぐ手に入れなければもうこの値段で買えない……！　そう思ったら部費を貯《た》めていた貯金箱を摑んでいた。金は次のバイト代で返すつもりだった。

ところが、急にその部費が必要になる事態になり、圭太は追い詰められた。

「どうしてよりによってあんな奴に金を借りたんだろう……」

そんなに深いつきあいではなかった。誰にでも話しかける積極的なやつ、としか認識していなかった。手っとり早く金を稼げるバイトを探しているうちに、誰かの紹介で本郷に辿り着いたのだ。

本郷は金を用立ててくれ、一緒に飲んで、話を聞いてくれた。いいやつだと一瞬でも思った自分を殴りたい。

そのあと、バイトで稼いで金を返し続け、その合間に小銭をたかられ、少しずつ関係が歪んできた。

金を貸さないと部員にばらすと言い出したとき、圭太は本郷の正体を知った。

本郷は圭太の罪悪感を刺激し続け、逃れられないようにした。今では本郷の顔を見るだけで冷たい汗が背中を濡《ぬ》らし、体が震えてくる。

もう勘弁してほしかった。あの男から離れたかった。だがそのためにはまとまった金がいる。

「どうすればいいんだ……」

圭太は頭を抱えた。

二

「あの子はねえ、ほんとに優しい子」

炎真と歩きながらさくらは繰り返し言った。

「わたしが具合悪いときは、毛布を持ってきて一緒に寝てくれたこともあるのよ」

「そうか」

「毎年注射を打つんだけど、そのときはあの子の方が痛そうな顔をしてね」

さくらはおかしそうに言う。

「全然平気よって言ってるのに、注射かわいそうだかわいそうだって」

つないでいるさくらの手は小さくて温かい。

「あの子がうんと小さいころから一緒なの。あまり長くは過ごせなかったんだけど」

さくらは炎真を見上げ、「ふふふ」と笑った。

「今はこんなによぼよぼだけど、わたしだって若くて元気なときもあったわ。あの子の手をひっぱってぐいぐい先に進んだこともあるのよ……」

さくらは股関節を痛めているのか、足を広げたままの不自然な歩き方でひょこひょこと体を揺らした。

「あの子のために、わたしができることはなにかしらねえ……」

「おまえは今までずっとそいつのためにしてやってたんだ。これ以上は必要ない」

「そんなことないわ。わたし、なにもしてないもの」

さくらは日差しに白い頭を光らせて振った。

「それにここしばらくは会ってもいない……あの子、大学でお勉強するために東京へ行っちゃったの。ずっと帰ってこない……寂しいわ」

さくらの足取りが重くなった。サンダルを擦るように、のろのろと歩く。

「あの子、大学で、ちゃんとやれているのかしら。怖いところじゃないかしら」

両手で顔を覆い、急におろおろとした様子で足元を見る。

「あの子は優しいけど気が弱い子でねえ。おかあさんに怒られるとすぐにわたしのところへ逃げてきて泣いていたのよ。今、一人で大丈夫かしら……圭太……」


圭太は橋のたもとに座ったまま、ぼんやりと道を行く人たちを見ていた。休憩時間はもうじき終わる。けれどこのままみんなのもとに戻る気になれなかった。どうすればまとまった金が手に入るかだけを考えていた。

（実家に連絡してみるか？　いや、父さんは激怒するだろう。上京して怒鳴り込んでくるかもしれない。そんなことになったら本郷は部の連中に全部バラすに決まってる。せっかく映画のためにみんなの気持ちがひとつになっているのに……）

圭太は吉祥寺の駅前の景色を思い浮かべた。いくつかのビルの窓には金融と書いてあるのを覚えている。

（金を借りる……？　学生に貸してくれるのか……？　漫画やドラマみたいにヤクザが金の取り立てにくるんじゃないのか……そんなのは怖い……）

顔を伏せ地面を見つめていると、伸ばした足を邪魔そうにまたぐ誰かがいた。その誰かは通りすぎてから「ちっ」と舌打ちをする。圭太はあわてて足をからだに寄せた。

道行く人がみんな自分を汚いものを見るような目で見ている……そんな気すらしてくる。部費に手をつけた裏切り者、と看板でも下げているようだ。

（どうして……俺がこんな目に遭わなきゃいけないんだ……。カメラは部にだって必要だ、俺だけのためじゃない、部費を使ったってなんの問題があるんだ……）

部費の使い道は全員で相談することになっていた。その約束をやぶった罪は、部費の使い込みより重いかもしれない。みんなは許してくれないだろう、親友の山下はどんな顔をする？　部員たちは、スタッフたちは……。

（金……金さえあれば、本郷を黙らせられる）

ふと目の前を横切った黒のスカートに、圭太は引っ張られるように顔をあげた。

薄く曲がった背中、細い肩、黒い布のバッグを持ち、カートを押しながらのろのろと歩いている——老婆だ。

「マチ金で借りるとか、そのへんの年寄りから貰うとか……」

本郷の言葉が頭をよぎった。

そのへんの年寄りから貰う？　貰うって、どういう意味だ？

見ず知らずの老人が金をくれるわけがない。つまり――。

「盗め……ってこと……？」

座っているコンクリが突然スポンジのように柔らかくなった気がして、圭太はあわてて橋の欄干に摑まった。

「まさか、ないない。そんなこと、俺にできるわけが」

圭太は遠ざかってゆく老婆の後ろ姿を見た。小さくてかぼそくて、背中を押せばすぐに転びそうな弱々しい存在。

圭太は首を振った。

「だめだ、なにを考えてんだ、俺は」

両手で自分の頰を叩く。だがその痛みも圭太の目を覚まさせてはくれなかった。

（そんなの、部費に手をつけることより犯罪だろ）

コッコッ……と足音が圭太の横を通り過ぎて行った。地面を見ていた圭太の目に、白い靴下とサンダルが映った。顔をあげると、また別の老婆の背中がある。

ベージュのカーディガンに茶色のスカート。頭は真っ白だ。背筋は伸びているが、足は大きく曲がり、不自由そうに歩いている。彼女も肩からバッグを下げていた。

「……」

ゴクリ、と圭太はのどを鳴らした。橋の欄干を摑んだ手に力を入れて立ち上がる。

（年寄りは……金を持ってる……）

思い出してみると、自分の祖母もいつも手元に現金を持っていた。遊びに行くと、財布からこづかいをくれたのだ。

あのバッグにもまとまった金が入っているかもしれない。

なにを考えてんだ、と頭の中で繰り返しながら、足は止まらない。圭太は老女の後ろ姿を追った。

老婆はひょこひょこと体を揺らしながら歩いてゆく。

圭太の目は、下がっているバッグだけを見つめていた。


「あの子はねえ、いい子なの」

さくらは飽きもせず、炎真に「あの子」自慢を続けていた。

「こうやってよく散歩に行ったわ」

さくらは炎真とつないだ手を振って微笑む。

「ときどきわたしが手を強く引きすぎて、あの子を転ばせたこともあるの。かわいそうに」

「その子は覚えていないだろう」

炎真はさくらの足元を気にしながら言った。彼女は痛みを我慢しているようだから。

「そうね。でもわたしは全部、覚えているわ。あの散歩の日々。あの子と一緒に歩いた道……緑の川のほとりの……」


圭太は老婆のあとを追いながら、なぜか昔のことを思い出していた。

子供の頃、よく近所の川の土手に散歩に行ったときのこと。今度の映画のテーマでもある思い出の散歩道だ。楽しいことも悲しいことも、全部そこにあった。

天気の日も曇りの日も小雨の日も。

風の日も、雪の日も。乾いた日も湿気の多い日も。

泣いた日も、ケンカした日も。散歩に出かければ、つらいことがあっても頭の中がからっぽになった。心が軽くなっていった。

散歩には連れがいた。彼女は優しかった。いつも一緒に歩いた。時には走った。

映画監督になりたいのだ、という秘密も、その散歩で彼女に話したのが最初だった。

家族みんなで観に行った怪獣の出てくる映画がとても面白くて、こういう映画を作る人を映画監督と言うのだと父親に教えられてから、映画監督になるのが夢だった。

散歩の時、いろんな話を頭の中で考えていた。たいていはうまくまとめられずに空想は散り散りになるのだけれど、時にはちゃんとノートに書くこともできた。予告編だけなら、それこそ毎日。オリジナルのテーマソングも口ずさんだ。

あの毎日の散歩の日、川に沿って歩く緑の道は、夢を育てる道だった。


「あの子はエーガカントクというのになりたいと言っていたわ」

さくらは思い出して呟く。

「エーガカントクなんて、わたしにはわからないけど、その話をするあの子がとても楽しそうだった。あの子はがんばりやさんだから、きっと今もエーガカントクの勉強をしているんでしょう」

「映画か。俺も見たことがあるぞ。あれは面白い」

炎真はうなずきながら言った。

「そうなの？　わたしは見たことがないわ、いつか見ることができるかしら」

さくらは青空を見上げて呟く。彼女がそれを見ることができないのを炎真は知っていた。

「ああ、ねえ。圭太ね。あの子よ。足音が聞こえる。あの子が近づいてきているのよ」

さくらは嬉しそうに言って、振り向いた。

緑のあの道、水の匂い。夏には草が膝まで伸びて、羽虫が飛んで、時には蜂が顔の前にきて。

圭太の記憶の中の道はどんどん鮮明になってゆく。緑の匂いもしそうだった。

春には一面のクローバー、夏は月見草が揺れる。秋はススキが枯れて冬は雪に埋もれる。

あの土手、緑の道。

彼女は足が速くていつも引っ張られた。時には転ぶこともあった。そうすると驚いて戻ってきて、心配そうに顔を覗き込んでくれた。揺れる草、葉ずれの音。

「え……」

いったいいつのまにこんな草むらに来たのだろう？　自然のままの遊歩道でも広い芝生でもない。背の高い草が生え、空が広がる場所。水の匂いも、せせらぎの音もする。

圭太は周りを見まわした。老婆の後をついて歩いていた。ずっと井の頭公園だと思っていたのに、ここは――。

「見たこと、ある」

さっきまで思い出していた土手の道じゃないか。

「どうして……」

目の前の老婆の姿が変わってゆく。白い頭、ベージュのカーディガン、茶色のスカート……いいや、違う。あれは。

白い頭とベージュのからだと茶色い尻尾の。

「さくら……」

名を呼ぶと、犬はぱっと振り返った。ちぎれそうなくらい激しく尻尾を振り、こちらへ駆けてくる。

「さくら！　さくら！」

圭太は両手を広げた。犬はまっすぐ圭太のもとに駆け寄ると、前足を圭太の胸にどんっと押し当てた。

「さくら、おまえどうしてここにいるんだよ」

犬は、はっはと舌を出し、首を傾げてみせる。茶色い丸い瞳が圭太を見上げた。片方の目は白く濁っている。

「さくら……」

犬は圭太の顔をなめた。熱くて薄い舌で何度も何度も。圭太は犬の首を抱き、そのフカフカした毛皮に顔を埋《う》めた。懐かしい、お日様の匂いが全身を包んだ。

三

はっと目を開けると、コンクリの道の上にいた。

「ゆめ……?」

立ったまま眠っていたのだろうか。

あわてて周りを見まわしたが、犬の姿も、さっきまであとをつけていた老婆も、見つけることができなかった。

ブルル……とポケットに入れていたスマホが振動する。圭太は急いでスマホを取り出し画面を見た。母親、と表示されている。

ドキリ、と心臓が跳ねた。

「も、もしもし……?」

電話に出ると母親の涙声が耳に流れ込んできた。

『圭太、……さくら、さっき、死んじゃったよ』

「え……」

『ずっと具合が悪くて、ここしばらくが峠だろうって言われてたんだけど』

耳元で母親がすすりあげる。

「さくら、が」

『最後は苦しまずに逝けたからよかったよ……』

知っていたような気がした。

『おまえもずっと会ってなかっただろ、こんどいつ帰ってくる？』

「いや……」

圭太はスマホを握る手に力を込めた。手が熱いのは零れる涙が濡らすせい。

「さっき……来てくれたよ」

俺が道を踏み外さないように。夢にまっすぐ進めるようにと。

通話を切り、圭太は目をこすった。けれど、涙は止めることができなかった。


小鳥の森へ戻ると部のみんなが明るい顔を向けてきた。

「どこ行ってたんすかー」

「今日はシーン七〇まで撮るんでしょー?」

「早くしないと日が暮れちゃうよ」

圭太は部員の顔を見回した。先輩や同期、今年入ったばかりの新人、外部からの応援、友達の友達つながりで手伝ってくれる人たち。

圭太は芝生の上に膝をつくと、両手と頭を地面にぶつける勢いで下げた。

「みんなごめん!」

ざわっと部員が声を上げ、一歩引く。

「ごめん! 俺、みんなにあやまらなきゃいけない! 俺、俺……っ」

圭太はぎゅっと目をつぶった。

「部費に手をつけた!」

ざわめきが止む。

「どうしても欲しかったカメラがあって……すぐに返せば済むと思って……。だけど、一瞬でもみんなの部費を自分のものだって思ったのは事実だ、部費を使うときは相談するってルールを破ってしまった……」

頭を下げ、目を閉じている圭太にみんなの表情はわからない。

「すぐに謝りたかった。でもみんなに嫌われるのが怖くて、……映画をもう作らないって言われるのが怖くて隠しておこうと思った。だけど——それはだめだって思った」

　手の下でぶつぶつと芝がちぎれる音がする。圭太はそれを土ごと握りしめた。

「映画は監督の全てだ。全てをさらけ出さなきゃいけないのに、みんなに隠し事してちゃ撮ることなんてできない。だから、――すまない！　俺のことはどんなに責めてもいい、だけど最後まで映画を撮らせてくれ！」

　波が寄せてくるように、さわさわと声が戻ってくる。みんながなにを話しているのか、圭太にはわからない。ただ、裁きを待った。

「末吉よお」

　頭の上から声がした。山下の声だ。

「いきなりそんなこと言われても、どう反応すればいいか、ぶっちゃけわかんねえわ」

　目を開けると山下の汚いスニーカーのつま先が目に入る。

「今はとにかく映画作っちゃおうぜ。そんで、全部終わった後、この話、もう一回しよう。こんな中途半端なとこで終わるなんて、俺らもできねえから」

　恐る恐る顔をあげると、困ったように笑う友人の顔があった。

「映画やりたいんだろ、末吉」

「……やりたい」

「おまえらもやりたいよな」

山下は背後を振り向き、取り囲んでいるスタッフに声をかけた。

「やりたいっすよ」

「こんなところで終われないよ」

「あとでゆーっくりつるし上げさせていただきますから」

笑いを含んだ声があちこちからした。

さんざん本郷に脅されてきた圭太には、その反応が信じられなかった。みんなは自分を罵って、映画から離れてしまうと思いこまされていた。本郷の言葉の毒は、仲間に信頼されているという自信を消し去っていたのだ。

「さあ、末吉」

山下が手を差し伸べる。

「映画、撮ろうぜ」

映画監督になりたかった。自分の映画が作りたかった。でもそれは一人ではできないのだ、と圭太はようやくわかった。

「……映画、撮ろうぜ」

呟いて、山下の手に摑まる。ぐいっと引き上げられる。立ち上がる。みんなが駆け寄ってくる。自分の足が駆けだす。

「みんな、ごめん。ありがとう！」

まっすぐな緑の道が見える。さくらと歩いた、子供の頃の道。夢に向かう道。

道を踏み外さないように、さくらがきてくれたんだ。

「ありがとう、さくら……」

終

芝生の上で映画の撮影が再開されたのを、炎真とさくらは並んで見ていた。

「これでもう安心だろう？　あとは一人で逝けるな」

足元にいる、白い頭とベージュのからだ、茶色い尻尾の犬に向かって、炎真は言った。さくらは顔を上に向け、くう、と鳴く。

「過保護すぎるぞ」

その言葉に犬は笑うように口を開けた。

「なんだ？　もうひとつ頼みがあるって？」

炎真は犬の言葉に耳を傾ける。

「わかった、そっちは任せとけ。おまえは安心して待っていればいい。じきに飼い主もくるだろう」

さくらは嬉しそうに尻尾を振った。とん、と前足で地面を蹴ると、そのからだが浮き上がる。そのまままっすぐに空に向かって走ってゆく。

さくらの駆けたあとにはうっすらと緑色の道が見えた。


本郷鉄二が井の頭公園を出ようとしたときだ。いきなり足を払われ、頭から地面に倒れてしまった。

「なっ……っ」

両手をついて顔をあげると、目の前に見知らぬ男がしゃがみこんでいた。

「よお、本郷鉄二」

「な、なんだ、てめえ!」

怒鳴る本郷に目の前の男はにやりと笑う。

「末吉圭太は仲間たちに正直に打ち明けたぞ」

「え……っ」

男は立ち上がると上から本郷を見下ろした。

「おまえの脅しのネタはなくなったというわけだ。もうあいつに金をたかることはできねえぞ」

「お、おまえ誰だ！」

「過保護な飼い犬におせっかいを頼まれたものだ」

男はそう言って片手を上にあげた。

「司録、司命」

その言葉と同時に、ぽぽーんと奇妙な音がして、空中から二人の子供が現れる。

「はーいー」

「おそばにー」

本郷はいきなり出てきた子供に、声もなくのけぞった。

今、こいつら空中から現れなかったか？　手品？　バーチャル？　それとも俺の目がおかしくなったのか？

「こいつの記録を出せ」

「はーいー」

今度は巻物が現れる。本郷は何度も目をしばたたかせた。

男は巻物を受け取ると、ざっと払って広げる。視線が忙《せわ》しく動き、地面に落ちた紙がうねった。

「ふん、本郷鉄二……。おまえ、二年前に、オレオレ詐欺の受け子をやったな」

「へ……っ」

男は巻物をぽいっと放《ほう》る。地面にいた子供たちがあわててそれを受け止めた。

「これだけでも死活等処行《しかっとうしょ》きだな。誰にもバレてないと思ってたか？　だが、おまえの人生にはしっかりと書き込まれている。報いは必ず受けるぞ。此岸《しがん》でも彼岸でもな」

「なんで、なんでそれを……」

本郷は地面を這《は》って巻物を持っている男に近づこうとした。その手を子供の一人がぱしんっと払う。

「おまえごときがエンマさまに近寄るのはだめなのー」

「そのうち地獄で会えるから待ちやがれなのー」

もう一人も小さな草履で本郷の手を踏みつける。

「これ以上は慎むことだな」

本郷が焦って立ち上がろうとすると、男はきつねの形にした手を前に突き出した。

バシン！

「ぎゃあっ！」

本郷のからだが公園の金網まで弾き飛ばされた。デコピンされたのだと気づく暇もなかっただろう。


「よし、じゃあ、シーン六三からやり直しだ」

圭太はうちわを取って芝生の上に立った。ヒロインがすうはあと深呼吸している。

「楽しい散歩の時間だ、久しぶりの、明るい空の下の散歩……」

そうだ、さくらはいつも初めてのように楽しそうだった。毎朝、顔を出すだけで、今までで一番楽しいという顔で飛びついてきた。

そんな散歩道。

どこか遠くで犬の吠《ほ》える声がした。

(さくら。おまえが連れてきてくれた道、俺はまっすぐに進んでみせるから)

圭太は胸の中でそう話しかけ、うちわを頭上へと掲げた。

「——スタート！」

第四話

えんま様と音の箱

busy 49 days
of Mr.Enma

序

薔薇《ばら》の香りがする……。

地蔵のアパートから昼飯の買い物に出た篁は、顔を上に向けて、すんっと鼻を鳴らした。まだ桜が散り始めたばかりで薔薇には早すぎる。この時季香るなら、ヒヤシンスか水仙か。

篁は足を目的地とは逆の方向へ向けた。こんなかぐわしい香りを放つ薔薇に、興味を惹《ひ》かれたのだ。もし花屋なら一本くらい買っていってもいいかもしれない。炎真なら食えもしないものを、と文句を言うかもしれないが。

薔薇の香りはますます強くなる。

（え？）

角を曲がって驚いた。赤いレンガ造りの大きな屋敷が建っていたからだ。周りを取りかこむように柵が並び、その中にいっぱいの薔薇が咲いている。

（こんなところにお屋敷が建っていたか？）

現世に来てまだ一週間くらいしか経っていないが、家の周りは炎真とよく散歩している。近くにこんな大きな屋敷が建っていたら覚えているはずだ。

屋敷はずいぶんとレトロな造りだった。二階建てで三角の屋根は青い瓦。同じ色の煙突もついている。玄関を中心に正対称の造りで、窓枠もゆるやかにカーブを描いたアーチ型になっている。篁にはこれがイギリスで生まれたチューダー様式だという知識があった。クラシックな外観に、群れるように咲く薔薇がよく似合っている。

「まだ四月だというのに、こんなに」

思わず柵に近寄り細い鉄のそれを握ったとき、内側に、しゃがみこんでいる少女がいることに気づいた。

「うひゃー！」

あまりに突然だったので思わず声が出てしまった。

「うひゃーだって」

少女がくっくっと笑う。

「おっかしー、大人なのにうひゃーだって！」

見た目、小学校低学年というところか。少女は立ち上がった。

長い髪を三つ編みにし、袖が膨らみ、フリルがたっぷりついたアンティークなワンピースを着ている。

「急に現れたらびっくりするでしょう」

篁は気恥ずかしさを隠して言った。

「君はこのおうちの子ですか」

「そうよ」

少女は後ろに手を組んでからだを揺らした。

「薔薇、きれいでしょう？」

「そうですね……」

篁は少女をじっと見つめた。白いワンピースに赤い薔薇が透けて見える。彼女の細い足首にも、緑の葉が重なっていた。そして地面には彼女の影は落ちていない。

「とてもきれいです。この時季にこんなに咲いているなんて驚きました」

「ねえ、薔薇を切ってあげましょうか？」

少女は柵を両手で摑み、隙間に顔を押し当てて言った。

「あたしのお願いをきいてちょうだい。そしたらこの薔薇をすきなだけあげるわ」


篁は入り口の柵に手をかけ、押し開けた。キイと甲高い音がする。そこから玄関まで、石畳が続いていた。少女は柵のすぐそばにいて、篁が入るのを見ていた。

「うれしいわ、来てくれて」

篁は薔薇が欲しかったわけではない。少女に興味があったのだ。

彼女が生きた人間ではない、ということは会ったときから感じていた。霊にしてはひどくはっきりとした輪郭があることから、自分が死んでいることも知らず、また、ずいぶんと強い執着があるのだろう。

彼女の頼みを聞くことが、成仏の手助けになればと考えたのだ。

「あらあなた、ずいぶん背が高いのね」

少女は篁を見上げて言った。

「そんなのっぽじゃあいつらにすぐ見つかってしまうわ。ちょっとかがんで」

「あいつらって？」

「おばけよ」

少女は背後の薔薇の群れを手で指した。

篁は息を呑んだ。

庭の様子がまるっきり変わっている。柵の外から見たときは門から玄関まで三〇メートルくらいかと思っていたのだが、今は屋敷ははるか彼方に見える。見渡す限りの薔薇の花。赤や白やピンクや黄色……波のように揺れ動く。屋敷はまるで花びらの海に浮かぶ島のようだ。

その薔薇の間をなにか巨大な影が動いていた。立ち上がった芋虫のようにも、手足のあるさつまいものようにも見える。大きさは屋敷の二階の窓まで到達する。ゆっくりと動き、ときには薔薇の茂みに顔をつっこんで食い荒らしていた。

「あれは……」

「おばけなの。あれがいるからあたしは外へ出られないのよ」

ではあれが彼女の成仏を妨げているものだろうか？　なににしろ手ごわそうだ。

「しゃがんで。見つかるから」

少女が篁のシャツの裾をひっぱる。篁は地面に膝をつき、薔薇の間から化け物を見た。

「あれはいつもいるんですか？」

「いないときもあるの。そのときだけ、さっきみたいに柵のそばにいけるのよ」

篁は自分一人で屋敷に入り込んだことを後悔した。自分は武闘派ではない、あんな化け物とは戦えそうもない。

（エンマさまがいれば……）

考えてぶるぶると頭を振る。

（いや、エンマさまは今休暇中だ、できれば僕だけで解決して差し上げたい）

「花の陰に隠れて家まで行けるわ」

少女が篁の耳元で囁いた。

「わかった。僕が君を抱えて走ろう」

篁は少女を抱え上げた。遥《はる》か彼方にかすんで見える屋敷を見つめる。

「しっかりつかまってて」

篁は薔薇の茂みの中を頭を低くして駆けだした。葉や棘《いばら》が顔を打ち、手や服を引っかく。むせるような薔薇の香りで息もできない。

「速い速い」

腕の中で少女が歓声を上げる。

「もうすぐよ、もっと速く走らないと、追いかけてくるわ」

振り向くと、巨大な芋虫がすぐ背後に迫ってきていた。短い手足を蠢《うごめ》かせ、一度縮んだかと思うと、のびあがり、薔薇の波の上をジャンプしてくる。

「あ、あのからだで跳べるのか!?」

どすん！　とその体が茂みを押しつぶす。篁は間一髪、手前に転がってその巨体を避けた。

「速く！」

篁の腕から降りた少女が走って玄関の扉に飛びついた。巨大な木の扉を両手で押し開ける。

「はいって！」

篁はスライディングするような勢いで開いた玄関に飛び込んだ。そのすぐ後ろに巨大な芋虫が迫る。

「閉めろ！」

篁が叫ぶのと、少女が扉を閉めるのがほぼ同時だった。閉められたドアの外で、大きなものがドォン！　とぶつかる音がした。そのあと、しん……、と静まり返る。

「……助かった」

ドアに背をつけたままへたり込んでいる篁を少女が覗き込んできた。

「ようこそ、あたしのおうちへ」

「ああ、」

篁は顔を上げてほっと息をつく。

「手厚い歓迎をありがとう」

篁は玄関から屋敷の中を見た。自分がいる場所は半円形の玄関で、黒光りする靴箱が設置されていた。目の前は吹き抜けの大きなホールになっている。二階から幅の広い階段が流れ落ちるように敷かれ、豪華なシャンデリアが中央に揺れていた。

人の気配はなく、薄暗く湿った匂いがした。この屋敷も彼女の念で作られているのだとしたら、あまり好きな屋敷ではなかったのかもしれない。

「おうちの人はいないの？」

篁は少女のあとについて階段を昇りながら聞いた。

「今日はお父様もお母様もお出かけなの。女中たちはきっと奥にいるんでしょう」

屋敷の中に入ると、庭にいた化け物のことは忘れ去ったように少女は落ち着いた口調で言った。階段を昇ると壁にいろいろな絵や写真が飾ってあった。

「これは……」

篁でも知っている人間の写真があった。明治天皇と大正天皇だ。

（ということは今の時代は大正か？）

ほかの絵はこの家の家族のものだろう。

突き当たりの踊り場にあった大きな肖像画は、男性と女性、そして三歳くらいの女の子の絵だった。

「これがお父様とお母様、それにあたしよ」

少女は絵を振り仰ぐと自慢げに言った。男性は鼻の下にひげをたくわえ、いかめしい顔をしている。幼い少女の父親というには年がいっているようだ。逆に母親は若い。どこか怯えたような大きな瞳と、薄い唇がはかない雰囲気を湛《たた》えていた。少女は無邪気に笑っている――。

「それで君の名前はなんていうの？　僕は小野篁と言います」

「あら」

　少女は後ろに手を組んで篁を見上げる。

「言ってなかったかしら。あたし、すみれ子よ」

「すみれ子ちゃん、ですか」

「ちゃん、なんてよして。子供じゃないの」

　すみれ子はつん、と鼻を上に向ける。そういうところが子供っぽいが、篁は微笑んだだけで否定しなかった。

「じゃあ、すみれ子さん。僕にお願いというのはなんですか？」

「ええ、こっちよ」

　すみれ子はさらに階段を昇った。二階まであがると、手すりの前で篁を振り返った。

　少女の身長は手すりからようやく顔が出るくらいしかない。

「シャンデリアがあるでしょ」

「ええ」

　二階の天井から吹き抜け部分を照らすシャンデリアがさがっている。玄関からも一番目立ったものだ。チェーンはなんとか手を伸ばせば届く位置にある。そもそも届かなければろうそくに火を灯《とも》すことも、掃除もできないだろう。

「シャンデリアの上に箱が載っているのが見えない？」

「ああ、ありますね」

すみれ子が言うように、シャンデリアの曲げられたアームの上に小さな箱が載っている。ちょっとでもシャンデリアが揺れれば落ちてしまいそうだ。

「あれはオルゴールなの。お母様からいただいた大事なオルゴールなの。なのに、あたしがふざけてて放り投げたら、あそこに引っかかってしまったのよ。あれを取ってほしいの」

すみれ子はしゃがんで手すりの小柱を両手で握り、篁を振り返った。

「お母様に怒られる前に取ってほしいの」

少女はあのオルゴールが心残りで成仏できないのだろうか、と篁は考えた。

思えば人間はいろいろなものに心を残す。瓶に残った酒が惜しくて幽霊になったものもいれば、食べかけのおまんじゅうを戸棚に隠して、それが腐っていくのを心配して幽霊になったものもいた。

床下に隠した金とか、宝の地図とか、そんな大層なものだけではなく、身近なちょっとしたもののせいで成仏できなかったりするのだ。

「あれを君に取ってあげれば安心できるんですね？」

「ええ」

すみれ子は顔をシャンデリアに戻してじっと見つめた。

「とても大事なものだから、どうしてもどうしても取り戻したいの」

「わかりました」

少女の執着は強そうだ。やはり、あれが彼女の成仏を妨げているのだろう。

篁は手すりから身を乗り出した。長い手を伸ばして下がっているチェーンを摑む。

シャンデリアはガラス製でろうそくを載せるろうかんが一二個もついた立派なものだった。なのでかなり重い。

シャンデリアを手すりに引き寄せようとしたが、片手ではむずかしいようだった。

篁は手すりを摑んでいた片手も離し、その手でアームの上に載ったオルゴールを取ろうとした。

「もうちょっとよ！」

背後ですみれ子が声をかける。指先が箱にかかった。

「……とれ、」

その瞬間、つま先だっていた足が急に後ろにひっぱられた。いや、違う、床が後ろに消えて――。

「え？」

すみれ子の姿が逆さに見える。彼女は手にラグを持っていた。そうだ、あれは床に敷いてあった小さめのラグだ。

少女は笑っている。

篁は自分が二階の手すりから落下しているのだと知った。

「すみれ……っ！」

目の前がまっくらになった。

一

「遅い！」

アパートの畳の上で大の字になっていた炎真は、勢いよくからだを起こした。

「昼飯買いに行くって言って何時間かかってんだ！」

実際には篁が出かけてから四五分くらいだ。炎真は壁にかかっている柱時計の針を睨んだ。

「どこかで迷子にでもなってんのか？」

炎真はTシャツの上に薄いパーカーを羽織り、外へ出た。だが、篁がどっちの方角へ行ったかなどわからない。

「ええい、ちくしょう」

炎真は空を振り仰いだ。

「司録、司命」

名前を呼ぶと、ぽぽーんと楽しげな音が青空に響いた。

「はーいー」

「おそばにー」

二人の子供は空中から現れるとクルリと一回転して地面に着地した。

「およびですかー」

「エンマさまー、今度は誰の記録を出しますかー」

「お名前わかってますかー」

交互に言う二人に炎真は渋い顔をした。

「今回は記録の取り寄せじゃねえ。篁を捜してほしいんだ」

「えー」

「篁さまをー？」

「なんでなんでー？」

子供たちは顔を見合わせる。

「おまえたちなら地獄の住人の気配を辿れるだろう？」

炎真が言うと、二人は腕を組んで首を傾げた。

「エンマさまにだってできるでしょー？」

「司命たちは記録係以外のことはやらないのー」

ぶーぶーと文句を言う二人の頭を炎真は両手で押さえた。

「俺は人間の器に入っているからうまく辿れないんだよ。おまえたちなら地獄からそのまま来てるんだからさ」

司録と司命は互いの耳にこしょこしょと囁きあった。やがて二人して炎真を見上げ、

「契約業務外のお仕事ディース」

「業務外手当イタダキマゥース」

声を揃えた。

「なんでそこでカタコトになるんだよ！」

なんとか二人をなだめすかして、炎真は篁の気配を辿らせた。二人は手をつないで炎真の前をタタタと走る。

いくつかの角を曲がると、二人は突然立ち止まった。

「おい、どうした」

司録と司命は炎真を振り返り首を振る。

「消えちゃったのー」

「篁さまの気配、ここでおしまいなのー」

「ここで?」

三人が立っているのは古びたマンションの前だ。全体的にくすんだ色合いで、雨の染みが壁に筋を作っている。金網がぐるりと取り囲み、狭い庭にはたくさんの薔薇の花が咲いている。

「このマンションに入ったということか?」

司録はもう一度首を横に振った。

「マンションに入ったなら気配は続いているのー」

「でも今は何も感じないのー、まるで急に消えたみたいなのー」

司命は少し怯えた表情で言った。

「消えた、だと?」

もう一度マンションを見ると、薔薇の庭でなにか動くものがいた。金網を摑み、顔を押しつけると、それがゆっくりと背を伸ばした。

灰色の髪を結い上げ、薄いストールを背中にかけた上品な老婆がじょうろを手にしている。今までしゃがみこんでいたのか、おっくうそうにとんとんと腰を叩いた。

「おい、」

炎真は彼女に呼びかけた。その声に気づいて白く小さな顔がこちらを向く。

「作業中にすまないが、聞きたいことがある」

老婆は軽く首をかしげながら、こちらへ近づいてきた。もう片方の手に剪定《せんてい》ばさみと薔薇を持っている。花の世話をしていたのか。

「ここに若い男がこなかったか？　背が高くてやせ型で髪は長めで前髪をわっかで持ち上げている」

「エンマさま、わっかはないでしょー。それじゃソンゴクーなのー」

司録がつっこんだ。

「篁さまはカチューシャをつけているのよ」

司命も呆れたように言う。

「うるせえな！　カチューシャだろうがショーチューだろうがなんでもいいだろ！」

老婆がゆっくりと近づいてきて、炎真と二人の子供たちを順番に見た。

「……若い人は見なかったわ」

老婆は掠れ気味の声で言う。

「そうか」

炎真は老婆の手の中の薔薇を見た。

「見事な薔薇だな。時季が早いようにも思えるが」

「ここの薔薇はいつもこうなんですよ」

老婆は薔薇の花に顔を埋めて言う。

「このマンションができるずっと前、ここには大きなお屋敷があったんです。でもお屋敷が壊れちゃって……薔薇だけが残ったって話だわ」

「お屋敷？」

「ちょっと待ってて」

老婆は背を向けるとよちよちした歩き方で、庭の奥の方へ入った。見ていると一階の部屋に入って行く。この庭はその部屋の専用庭らしい。

やがて老婆は薄い本のようなものを両手で抱えて持ってきた。

「このマンションが建つ前のお屋敷の写真よ。素敵に撮ってもらったから、記念に大事にとってあるの」

金網の上から差し出され、炎真は仕方なく受け取った。今は老婆の相手より、篁を捜したかったのだが。

「どう？　立派なお屋敷でしょう？」

老婆が自分の家のように自慢気に言う。頁《ページ》をめくるとたしかに大きく立派な屋敷だ。左右対称のデザイン、カーブを描いた窓、大きな煙突、そして薔薇の庭。

「――これは、」

薔薇の庭の中に少女が一人立っている。その後ろには屋敷の窓が見える。その窓の中にありえないものが写り込んでいた。

「篁さまだー」

「ほんとなのー」

覗き込んでいた司録と司命が声をあげた。

小さいが、確かに篁の顔だ。こちらをむいて何か叫んでいる。

「おい、ばあさん！　この写真は……！」

炎真が顔をあげると老婆の姿はなく、今まで咲いていた薔薇もない。ただ、茶色く枯れた茂みが庭を埋めている。

「ばあさん⁉」

老婆の姿を追ってきょろきょろと辺りを見回していると、司録が炎真のパーカーの裾を引いた。

「エンマさまー、あれー」

「へんなのー、さっきまでなかったのー」

開いていたはずのマンションの入り口は、今は黄色いロープが渡され、そこに白い看板がかかっていた。

「取り壊し予定につき、立ち入り禁止」

他にも「入ってはいけません」とヘルメットをかぶったキャラクターが手を上げているイラストの看板もあった。

「取り壊し……予定？」

炎真はマンションを見上げ、もう一度手の中のアルバムを見た。

薔薇の庭の中、立っているおさげの愛らしい少女。膨らんだ袖にフリルのついたワンピース。無邪気な笑顔のその後ろに、笑えるくらい必死な顔の篁。

「篁……おまえ、どこに行ってるんだ……？」


「あれー……？」

篁が目を開けたとき、周りは真っ暗だった。確か自分は屋敷の階段から落ちたはずだ。いや、落とされたと言った方がいいか。

篁は横たわったまま、自分のからだを確認した。足も手の指も首も動くようだ。痛みもたいして感じていない。落下したと思ったのは、そう惑わされたのか。

「この暗さは……夜だとか、そういうんじゃなさそうだ」

声に出して言ってみたが響くこともない。ということはどこかに閉じ込められているわけでもない。

からだの下は湿った土のようだ。緑の匂い、そして強い薔薇の香りがする。

篁は用心しながら身を起こした。ガサガサと葉のすれる音がする。頬をさりっと引っかかれて、すぐそばに薔薇の茎があることがわかった。というか、薔薇の花に囲まれているのか。

(あの庭に戻ったのか?)

そのとき、カタン、と手の下に堅いものが触れた。

「んー?」

手触り的には木でできたもので、彫り物がしてある。四角い箱のようだ。

「あ、」

思い出した。シャンデリアのアームの上に載っていたオルゴールの箱。落ちるときに確かにそれを摑んでいたのだ。

篁はふた部分らしきところを開いてみた。だが、音はでない。手でさぐるとネジのようなものもあったのでそれを巻いてみたが、やはり音楽は奏でられなかった。

「壊れているのかな? まあ、ずいぶんと昔のようだから——あ、そうだ」

篁はチノパンの尻ポケットをさぐった。スマホを入れていたはずだ。

「あった、よかった」

文明の利器というだけでなく、地蔵からの借物なので、失うと恐ろしいことになる。篁はほっとしながら起動させた。画面が明るく発光する。

「圏外になっているのは想定済み、ですが」

必要なのはこの強力な明かりだ。

立ち上がり、スマホのバックライトで辺りを照らす。赤や白の薔薇の花が浮かび上がった。

「ここがあの庭だとすると……どこかに屋敷があるはずだ」

あちこち照らしていると、かなり遠くだが、チカッと光った場所があった。とりあえず篁はそこを目指すことにした。


「篁さんが行方不明……ですか」

いったんアパートへ戻った炎真は、家主である地蔵の部屋のドアをノックした。いつものように紬の着物の地蔵は、炎真から写真を受け取るとむずかしい顔をした。

「確かにあのマンションの建っていた場所は、以前大きなお屋敷がありました。覚えていますよ」

現世では辻を守る役目を負う地蔵は、その土地にも詳しい。

「この女の子も覚えています」

「すげえな、かなり前の写真っぽいのにわかるのか？」

地蔵は写真を懐かしげに見つめた。

「私に手をあわせてくれた人間を忘れることなどござんせんよ。地蔵は子供を守るものですからね。この子はよくお母さまに連れられて、私に挨拶しにきてくれました。ちょっとおしゃまさんでしたね」

「名前はわかるか？」

「さすがにそこまでは」

地蔵は長い髪を揺らした。

「けれど町の噂話で、この子のいるお屋敷で事件が起きたということは知っています。確か誰かが階段から落ちて死んだとかどうしたとか」

「噂話か」

「地蔵堂の掃除をしながらご近所の方たちがそんな話をしてらっしゃいました。昔はこの辺りも田舎でたいした事件など起きませんでしたからね」

地蔵は微笑んでもう一度写真を見つめた。

「篁さんがこのお屋敷に囚《とら》われたことは確かなようですね。建物自体が意思を持つことはないとは言いませんが、それよりは人間の念の仕業と考える方が妥当でしょう」

「人間の念か。やっかいだな」

炎真は返してもらった写真を見ながら舌打ちする。

「この屋敷に関しての事件はその階段の一件くらいしかありませんから、そこに手がかりがあると思いますよ」

「名探偵のようだな、地蔵」

「帽子とパイプはありませんが」

炎真の台詞に地蔵は悪戯《いたずら》っぽい顔で片目をつぶった。

「その昔の事件を調べるところから始めましょう」


篁はスマホを前に突き出しながら歩いていた。

最初は庭に出る芋虫のような化け物を用心して光を消していたのだが、ずっと気配も音もしなかったので、今は明かりをつけっぱなしにしている。

足場を照らすという意味もあったが、遠くで光っているものが、このスマホの光を反射しているようだったからだ。おそらく屋敷の窓ガラスに反射しているのだろう。

やがて、光が大きくなってきた。終点に近づきつつある。

光の背後に人の姿が見え、緊張する。だが、見ているうちにそれが自分自身の姿であることがわかった。窓ガラスに自分の姿が映っているのだ。

「到着」

篁は軽くため息をつくと、屋敷の窓に触れてみた。冷たくて硬い。窓を押したり引っ張ったりしたが開かなかった。

「失礼しますよ」

スマホで思い切り窓ガラスを叩く。だが、まるで鉄でできているかのように、ガラスにはひび一つはいらない。

「外側からは干渉できないのか」

篁はガラスに顔を押し付けた。向こうも暗くてなにも見え……いや、なにか見える。ガラス窓の向こう、ぼうっと浮かびあがってくる映像。それはまるで空中に投射された映画のようだ。

（あれは……すみれ子さんじゃないですか）

その映像の中で、すみれ子は見知らぬ男性と一緒にいた。すみれ子は嬉しそうにあどけなく笑っている。どこかの部屋の中のようで、豪華な刺繍のソファの上に、男性とともに座っていた。

すみれ子は篁が会った時のようにおさげを編み、フリルのついた袖の膨らんだワンピースを着ている。男性は三《み》つ揃《ぞろ》いのスーツだ。

すみれ子が何か言い、それに男性が答える。その返事が嬉しかったのか、彼女は両手を口元に当て、体をゆすって笑った。そしてワンピースのポケットから何かを取り出した。

(指輪……?)

赤い石のついた指輪だ。すみれ子はそれを男性の薬指にはめた。男性は指輪をはめた手をもう片方の手で握り、優しくうなずく。

声は聞こえなかったが、二人の幸せそうな雰囲気は伝わった。

「すみれ子さんは……あの男の人が好きなんですね」

自分の父親ほどの年齢だが、あの少女は自分を子供と呼ぶなと言ったり、口調が大人の真似事《まねごと》のようで、年齢よりかなりませているように思われる。

指輪を受け取ってもらったすみれ子の、満足そうな表情……。

結婚式の真似事なのかもしれない。

「あ……っ」

唐突にその映像は乱れ、別な映像に変わった。

それは先ほどと同じ部屋だった。豪華なソファも、その前に置いてあるテーブルも同じだ。だが、登場人物が違う。そこにいたのは年配の男性と、若い女性だった。見覚えがある。

「あれは……肖像画のお二人ですね」

篁は屋敷の階段で見た大きな肖像画を思い出した。すみれ子の父親と母親だ。

女性はソファに座り、男性は立っている。男性の表情は激しい怒りを表していた。

座っている女性も頬を紅潮させ、目を怒らせている。

声は聞こえない。だが二人は口をぱくぱくさせて何か言い争っているようだった。

二人の背後にドアがあった。そのドアが少し開いている。

(すみれ子さん?)

ドアの隙間から覗く顔があった。それは幼い女の子で、確かにすみれ子だ。服がさっきと同じなので、同じ日の違う時刻なのかもしれない。

すみれ子は母親と父親が言い争っている様子を怯えた顔で見つめている。

「子供にみせる光景じゃありませんね……かわいそうに」

二人の男女は娘が見ていることにも気づかず、ずっと口論を続けていた。

また映像が薄くなる……。

次に現れたのはやはり同じソファの部屋で、そのソファの上にすみれ子の母親が横たわっていた。黄昏色が部屋全体を染め上げている。もう夕方なのかもしれない。

彼女の前に誰か立っている。男性のようだ。父親ではないことは、その背中が若々しくスマートであることが教えている。

彼は身をかがめた。横顔が見えた。

「すみれ子さんと遊んでいた人か？」

そうだ、同じソファに座り、すみれ子に指輪をもらっていた男性だ。

母親が笑いながら何か言って指さした。男は気づいたように自分の指を見た。そこには赤い石のついた指輪がはまっている。すみれ子が彼にあげた指輪だ。

男性は照れ臭そうにその指輪を外すと、ポケットの中にしまった。それからソファの横に膝をつき、すみれ子の母親に顔を寄せた。

二人は口づけしあった。

「えええ——！」

篁は思わず窓ガラスを叩いた。だが二人は気づく様子もない。

(これってすみれ子の母親が浮気してたってことか？　あの男はいったい誰なんだ)

はっとする。ソファの背後のドアが開いていたのだ。

そこにすみれ子が立っていた。

すみれ子の瞳は篁に向いている。最初のうち、篁は、彼女が自分の存在を知って睨んでいるのかと思った。だが、彼女の視線が動かないことに気づき、自分の勘違いを知った。

すみれ子は窓ガラスを見ていたのだ。ガラスに映るソファのこちら側の映像を見ているのだ。つまり自分の母親と、自分が指輪をあげた男の睦《むつ》みあいを。

すみれ子の瞳が悲しみに染まったのは一瞬だった。次には怒りと憎しみに燃え上がる。幼い少女なのに、その目は成熟した女のようにも見えた。

嫉妬と裏切りによる怒り、憎悪。

「あれが……彼女が成仏できない本当の理由……？」

シャンデリアの上のオルゴールは執着の対象ではなかったのかもしれない。

映像が薄れる。再び中は真っ暗になった。しかし、今度はいつまでたってもなにも映らない。篁はしばらく待っていたが、やがてその窓辺を離れた。レンガで出来た屋敷の壁に触れながら移動する。

（この屋敷の中でなにかあった）

篁は確信していた。それを探さなければここから出ることはできないだろう。

「んん……？」

篁は目をしばたたかせた。壁につけた自分の手が見えるようになっている。暗闇が薄れているのだ。

空を仰ぐと、灰色の雲が闇を少しずつ押し退《の》けていた。

「これはありがたい。スマホの充電も心もとなくなってましたからね」

雨が落ちてきそうな陰鬱な雲だが、暗いよりはましだ。薔薇はそんな空の下でも鮮やかな色を波うたせる。

篁は玄関の方へ向かって移動を始めた。

二

炎真と地蔵は当時の屋敷のことを調べるために、武蔵野市の市立図書館へやってきた。一〇年ほど前に改築されたという図書館は明るく広く、平日の午後も大勢の人が利用している。

「ここで古い新聞記事を調べることができるんですよ」

地蔵は炎真をパソコンの前に連れて行った。

「古い記事はデータ化されて画面で閲覧できるんです」

「ふうん、便利だな。しかし、どのあたりの年代かわからないだろう？」

「いいえ、実はわかっています」

キーボードの前に座った地蔵はにっこりと振り仰いだ。

「その事件は、ある重大な日の前日でした。そのためにあの少女も屋敷も失われてしまったんでござんすよ」

「失われた？」

「あ、出てきましたよ」

地蔵は炎真の問いには答えず画面を表示させた。最初の新聞の地域欄には記載がなかった。地蔵はすぐに別な新聞を表示させる。

「これのようです」

画面を拡大させると、確かに、武蔵野市吉祥寺の邸宅で男性が階段から落下して重体、という記事が載っていた。名前と年齢がわかったので、あとは炎真たちで調べることができる。

「司録と司命を呼び出そう、……って、あれ!?」

炎真は目の前を走って行く子供に目を剝いた。

「司録！　司命！」

奇妙な帽子の男の子と、簪で頭をかざった女の子が、長い袖を振って図書館の中を走り回っている。

「おまえたち！　まだ呼び出してないぞ！」

炎真の怒鳴り声に、二人の子供は振り向いて顔の前に人指し指を立てた。

「エンマさま、しーっ、なの」

「図書館で大きな声出しちゃだめなのよー」

ぐっと炎真は声を呑み、周囲を見回す。来館していた人間たちは、変わった格好の子供たちに驚きながらも、その愛らしさに微笑んで見ている。

「なんで勝手に出てきた！」

炎真が小声で言うと、二人は顔を寄せ合いくすくす笑う。

「現世の図書館に興味あったのー」

「閻魔庁の記録保管処と同じでしょー？　参考までにー」

ぱっと離れてまた走り出す。

「広くて明るくてきれいなのー、書棚は見やすくて取り出しやすいのー」

「閻魔庁の記録保管処もこんなのにしましょーよー」

「戻ってこい！　仕事があるんだ！」

そう言うと、ぶーっと頬を膨らませる。

「エンマさま、全然お休みじゃないのー」

「エンマさまが休まないと、司録も司命も休めないのねー」

炎真は腰に手を当て、二人に怖い顔をしてみせた。

「今回のことは篁に文句を言え！　あいつが妙なことに巻き込まれたんだからな！」

二人はしぶしぶ、という風に足どり重く近づいてくる。

「この男、赤羽富士夫《あかばねふじお》という男だが、年齢的にもう死んでいると思う。閻魔庁から記録を取り出せ――効果音はつけるなよ、図、書、館、だからな」

「はーいー」

「おおせのままにー」

言葉は従順だが顔つきは不満げだ。二人が手をあげると、たちまち一本の巻物が空中に現れ落ちてきた。

「記録の中にこの事故について書かれているはずだ」

炎真は床に座り巻物を広げると、新聞で記事になった日付を辿っていった。


篁は薄闇の中、屋敷の壁に沿って歩いていた。ときおり窓に行き着くと、顔を押しつけて中を覗く。だが、さきほどのように映像が浮かんでくる窓はなかった。ただ暗い室内しか見えない。

それでも諦めず、いくつめかの窓を覗いたとき、ようやく変化があった。

「あれは……」

シャンデリアだ。どうやら玄関ホールの窓らしい。篁が落ちる原因になった、あのシャンデリアを見上げる窓だ。

シャンデリアの背後、二階の手すりに男性が立っていた。さきほどすみれ子に指輪をもらっていた男性、母親の浮気相手の彼のようだ。そばにはすみれ子もいる。

すみれ子はシャンデリアを見て指さしている。男性はうなずくと、手すりから身を乗り出して腕を伸ばした。

「だ、だめです!」

篁は思わず窓を叩いた。

「やめなさい! 落ちるぞ!」

男性が腕を伸ばしているとき、すみれ子がしゃがみこんだ。彼女がラグの端を持っているのだと篁にはわかった。

「やめろ、すみれ子さん!」

篁が叫んだのと、男性のからだが宙に舞ったのが同時だった。

男性が床に叩きつけられた音は聞こえなかった。手足が奇妙な方に折れ、からだ全体がぴくぴくと痙攣《けいれん》を起こしている。顔の下からゆっくりと血が流れだしてきた。

すみれ子が二階からとんとんと降りてきた。篁のいる窓の前を横切っていく少女の顔には表情がない。

すみれ子は男性のそばにしゃがみこむと、そのポケットをさぐった。中から赤い石のついた指輪を取り出す。

それから床に落ちていたオルゴールを拾った。篁は思わず自分の手の中の箱を見る。同じものだ。すみれ子はオルゴールの箱の中に指輪を入れた。そして立ち上がると、倒れている男性を見下ろす。

すみれ子の顔に笑みが浮かんだ。お気に入りの人形を見つめるようなうっとりとした笑み。しばらくそんな顔で男性を見つめたあと、彼女はおさげを翻し、ホールから出て行った。

「すみれ子さん……」

自分が落とされたのはこの事件の再現だ、と篁には判《わか》った。もしかしたらすみれ子は自分以外にも波長の合う人間を引き入れては同じことをしているのかもしれない。だとしたら、このまま放ってはおけない。自分は地獄の住人だから階段から落ちたって平気だが、ただの人間なら打ち所が悪ければ死んでしまう。

だが、どうやって彼女を止めればいいのだろう？

篁は窓ガラスを拳で叩いた。今の自分は屋敷の中に入ることすらできない。

玄関のドアに回ろうと壁を離れたときだった。どんっ、と足元が突き上げられた。窓枠がカタカタ鳴り、ガラスが振動する。

「な、なんだ？」

間を置かず、激しい上下の揺さぶりが襲い掛かってきた。篁は立っていられず壁に沿ってしゃがみこんだ。

「じ、地震？」

庭を見ると薔薇がダンスを踊っているように伸びたり縮んだりしている。そしてあちこちから、あの巨大な芋虫のような化け物が、薔薇の花をまき散らして姿を現した。

「う、わ」

芋虫はいっせいに屋敷に向かって跳ねてくる。そのたびに地面が揺れた。

「うわあっ！」

篁は屋敷から逃げ出した。果てのない、薔薇の海に飛び込んだのだ。


図書館で巻物の記載を調べていた炎真たちは、事故の記録を発見した。

「これか」

一緒に覗き込んだ地蔵が眉を寄せた。

「エンマさま……。この記載だと、赤羽富士夫が階段から落ちたのは事故ではないことになりますよ」

「そうみたいだな」

記録には「階段から落とされた」とある。落とした相手の名前もわかった。その詳細を見て、地蔵が顔を曇らせる。

「まさか、そんな――」

炎真は顔をあげるとそばの書棚から本を抜き出している二人の子供に呼びかけた。

「司録、司命。この犯人の記録も出せ」

「人使いあらーい」

「人じゃないけどあらーい」

二人は文句を言いながらも手を伸ばした。しかし、

「あれー？」

「記録ありませーん」

司録と司命は炎真を振り仰ぐ。

「この人まだあの世にきてませーん」

「なに？」

炎真はもう一度記録を読んだ。相手の年齢も書いてある。これで死んでいないとすると……。

「おいおい、百歳越えてるぞ」

「今の時代なら可能かもしれませんね、人工的に寿命は伸ばせますから。実際百歳越えの人間は六万人以上いるそうでござんすよ」

地蔵はあっさりと言ってのけた。

「六万人か……」

その数に炎真がうんざりした顔をする。六万人を調べなければならないと思ったからだ。

「けれど、エンマさま。その人は亡くなっているはずです」

「え？」

「申し上げましたでしょう？　この階段の事件のあと、重大なことが起こり、屋敷もすべて失われたと」

地蔵の言葉に炎真はうなずいた。

「ああ。おまえに手をあわせた少女も亡くなったと……。え？　待てよ。つまり赤羽富士夫を階段から落とした犯人がその女の子だって言うのか？」

地蔵は赤羽富士夫の記録を指さす。そこには「香坂《こうさか》すみれ子（八歳）により階段から落とされる」という記載があった。

「名前は知らなかったのですが、当時その屋敷にいた八歳の女の子といえばその子だけでござんすよ。そうですか、すみれ子ちゃんというお名前だったんですね」

「死んでいるのにあの世に来てないってことは……」

炎真が苦々しげに呻《うめ》いた。

「幽霊なのねー」

司録がなぜか嬉しそうに言う。

「地縛霊なのねー」

司命も笑いながら炎真を見上げた。

「くっそ」

炎真はパソコンの載っている机を拳で叩いた。

「また幽霊さがしか！　担当死神はなにをしてるんだ！」

「いいえ、エンマさま。今回は死神さんたちだけのせいじゃありません」

地蔵は宥《なだ》めるようにその炎真の拳に自分の手を重ねた。

「すみれ子ちゃんが亡くなった日は、同時にたくさんの人間が死んでいますから、きっと手が足りなかったんでしょう」

「たくさんの人間が死んでるだと？」

炎真は眉をひそめた。

「はい、わかっているだけで一〇万五千人近く」

「おい、それって……」

地蔵は沈鬱な表情で答える。

「大正一二年九月一日……関東大震災です」

三

　炎真は地蔵とともにもう一度篁の消えたマンションへ向かった。夕暮れの薄紅色の黄昏の中に、古びた建物がシルエットになって浮かび上がっている。

「お屋敷で男性が階段から落ちたという事件の翌日、一一時五八分に関東を大きな地震が襲いました」

「ああ、それは俺も知ってる。いきなり亡者ラッシュになってしまったからな。あの世も大騒ぎだった」

　地蔵は額に指を当て記憶を探っているようだった。

「地震は余震もあわせて三度関東全体を襲いました。武蔵野市は被害が少なかったんですが、あのレンガ造りのお屋敷は一部崩れてしまったんです。すみれ子ちゃんは運悪く、その崩壊に巻き込まれてしまったと聞いています」

　入り口まで来ると、黄色いロープも白い看板もそのままで、薔薇の茂みは茶色く立ち枯れている。炎真が会った老婆が現れることはなかった。

「その地震ですみれ子は死に、死神の手を逃れてこの地で幽霊になっているってことか。それにうっかり篁が誘い込まれたと」

「すみれ子ちゃんが幽霊になったことと、男性の落下事件は何か関係があるんでしょうか」

「本人に聞けばわかるだろう」

炎真はそう言うと片手をあげた。

「司録、司命」

ぽぽーんと黄昏た空に陽気な音が響きわたる。

「はーいー」

「おそばにー」

二人は長い袖をひらひらさせながら地上に降り立った。

「司録、司命。もう一度業務外作業だ。篁の気配を探せ、どんなに弱くてもいい。でなければ人間の念だ」

「先に言われちゃったー」

「残業手当を請求するのねー」

炎真は入り口に渡されたロープをくぐった。司録と司命も一緒にくぐりぬける。地蔵はロープの向こうで躊躇《ちゅうちょ》していた。

「どうした？　入らねえのか？」

「私は道を守るものですので」

　地蔵は困った顔で言う。

「こんなふうに立ち入り禁止と書いてあると、どうも……」

「しょうがねえな」

　炎真はロープの真ん中にとん、と手を置くと、次にはその手を振りかぶり、目にもとまらぬ速さで振り下ろした。すぱん、とまるで刃物で切ったようにロープが断ち切れる。看板が音を立てて地面に落ちた。

「ほら、これでいいだろ」

「え、エンマさま、そういうのはマナー違反なのでは」

　さすがに地蔵が焦る。炎真はふんっと鼻を鳴らし、

「おまえが入れないって言うからだろ」

「……ほんっとに雑でござんすねえ」

　地蔵はため息をついて開放された入り口に入る。

「司録、司命。頼むぞ」

　炎真が言うと二人は「きゃーっ」と歓声を上げて飛び跳ねた。

「エンマさまに頼まれちゃなのー」

「がんばって探しマース」

二人は薔薇の枯れた茂みの間を走り回った。地蔵も辺りの念を探す。炎真はマンションの入り口のガラスドアの前に立った。以前は自動ドアだったのだろうが、鍵がかかっているらしく入れない。

「よいしょ、っと」

バリンとガラスの砕ける音に、地蔵が血相を変えて飛んでくる。

「エンマさま、なにをしてらっしゃるんです！」

炎真はガラスドアを蹴りながら、穴をどんどん大きくしていく。

「どうせ壊す建物だろ？」

「工事が始まるまではこの建物は買い取ったものの所有物ですよ⁉」

「細けえことは気にすんな、ということわざもある。篁がいるかもしれねえだろ」

パンッと最後の破片を蹴り飛ばし、炎真は建物の中に入った。

「ことわざじゃござんせんよ……」

地蔵は全身でため息をつきながらあとに続いた。

一方篁はまだ薔薇の庭で化け物と追いかけっこをしていた。化け物はいったん薔薇の下に潜ると次にどこから出てくるのかわからない。篁は息を切らし、薔薇の茂みにしゃがみこむ。

「地獄の住人が鬼ごっこで追いかけられるなんて、不条理ですね」

通常ならば、一度死んでいる篁はなにがあろうと死にはしない。だがこの場所はすみれ子の作り上げた彼女の領域だ。そこでのルールがどうなっているかわからないのに、化け物に立ち向かうほどの無謀さは篁にはなかった。

「エンマさまなら気にせずかかっていくだろうけど、あれは勇気というよりどつきあいが好きなんだろうな……」

篁は首を伸ばすと屋敷を探した。化け物に追われてどんどん遠ざかってゆく。

「やはりなんとかあの屋敷へ戻らないとまずいですね。すべてはあの屋敷から始まっているんだから」

どおん、とまた地面が揺れる。化け物が飛び跳ねているのだ。

「と、とと、」

震動でよろけながらも篁は屋敷を目指した。

「早く戻らないとエンマさまがおなかをすかせて暴れそうだ……」

炎真と地蔵はガラスを破って入ったマンションの廊下を進んでいた。窓からわずかに外の光が入るが、足元は真っ暗だ。

「建物の崩壊で死んだのはその娘と使用人だけか？」

炎真は廊下を先に立って歩きながら聞いた。

「ええ、父親は仕事に出かけて留守で、母親は崩れなかった部屋の方にいたようです。瓦礫《がれき》の下から娘を掘り出したのは母親だったそうですよ」

「子供は面倒なんだよな。自分が死んでいることを理解しにくいから」

「そうですね。おそらくすみれ子ちゃんも自分はまだ生きていると思っています。屋敷の窓に篁さんが映っていましたから、彼女があの屋敷を作っているんでしょう」

「その写真だがな」

炎真は地蔵を振り向いた。

「いつのまにか消えているんだよ。あれを俺に渡してくれたのは……娘の母親かな」

「そうかもしれないですね。母親にはとかく派手な噂はありましたが、娘をかわいがっていた記憶があります」

突き当たりまで行ったが、地蔵にも篁の気配は感じ取れなかった。もう一度入り口まで戻り、階段で二階へ上がろうとしたときだ。ガラスを砕いたドアから司録と司命が飛び込んできた。

「みつけたのー！　エンマさまー！」

「みつけましたのー！」

二人は炎真に飛びついて、ぐいぐいと腕を引っ張った。

「こっち、こっち」

「お庭にあるのよ」

炎真は二人を両脇に抱えると、マンションを飛び出した。

「どこだ!?」

「そこをまっすぐ！」

司録が庭を指さす。枯れた薔薇の茂みが丸めた鉄条網のように棘を向けている。炎真は二人を放り出すと、その中に飛び込んだ。棘が服や顔をひっかくが気にしない。

「どこだ？」

「茂みの下の土の中から感じるのー」

「なにかあるのよ、そこー」

炎真は薔薇の根元を摑むと力任せに引き抜く。絡み合った根が土を抱え込んだまま
ブツブツと切断されて抜かれた。

「エンマさま、乱暴はやめてくださいよ」

地蔵が薔薇を振り回している炎真に声をかける。炎真は無視して次々と枯れ木を抜き続けた。

ガシャン、といくつめかの枯れ木を放ったとき、硬い音がした。炎真ははっとしてその苗のそばに膝をつく。

「これか？」

薔薇の根が絡みついていたのは、小さな木製の箱だ。彫り物がしてあって、着彩が残っている。上部はふたになっているようだ。

「エンマさまー、これよー」

「篁さまの気配がするのー」

司録と司命が左右から炎真に取りすがった。炎真はふたを押し開けた。中は布張りになっていて、しきりがあり、ひとつは広く深く、もうひとつは浅めに作られている。ふたの内側には鏡がはめられていた。

「宝石箱……？　ですかね」

覗き込んだ地蔵が首を傾げた。

「――篁だ」

箱を見ていた炎真が呟いた。

「え？」

「この中にいる」

炎真が指さしたのは鏡の面だ。そこには重苦しい灰色の空の下、一面の薔薇の花の中を、必死に走っている篁が映っていた。

その背後から、芋虫のような巨大な化け物が追いかけている。

「なにこれー」

「地獄にこんなとこあったのよねー、篁さま、地獄へ戻ったのー？」

「これは地獄ではありませんね、おそらくすみれ子ちゃんが作った世界でしょう」

地蔵は顔を近づけ、鏡の表面に触れた。カッンと地蔵の爪の先を鏡が跳ね返す。

「私も、おそらくエンマさまもこの世界には入れないでしょう」

「だが、篁はここにいる。なにか入る手だてがあるはずだ」

炎真は箱を激しく振った。

「おい、篁！　俺の声が聞こえるか!?　なに一人で面白そうなことやってんだよ！」

「エンマさま、そんな振ったって出てきませんよ」

地蔵が箱の破損を恐れて手を出した。その手に炎真の振った箱が当たる。

「いたたっ！」

「お、」

その衝撃で箱の一部、仕切られていた浅い部分がぱかりと開いた。

「地蔵、怪我《けが》の功名だ」

手の甲をさすっていた地蔵は炎真の声に箱の中を見た。浅い部分が開くと、そこに細かなピンを植え込まれた金属の筒――シリンダーと呼ばれるものと、細い短冊に切られた金属の板が収められている。その上に、赤い石のついた指輪が載っていた。

「指輪……」

炎真がその指輪をシリンダーから外すと、ゆっくりと、その筒が回転を始めた。小さなピンが金属の板を弾《はじ》き出す。ポロン、ピリン、と澄んだ音が、枯れた薔薇の庭に響いた。


ポロン、ピリン、ピン……薔薇の海を走っていた篁にもその音が聞こえた。音は灰色の空から、揺れる薔薇の中から聞こえる。

「オルゴール!?」

篁は自分の持っていたオルゴールのふたを開けた。さっきは鳴らなかったのに、今、その箱も音楽を奏でている。

その音に撃たれたかのように、化け物たちが動きを止め、からだをねじり始めた。

「篁！」

遠くから懐かしい声が響いた。振り向くと炎真が薔薇を蹴散らして走ってくる。

「エンマさま!」

篁は飛び上がり、駆けだした。化け物が身をよじりながらも向かってくる。

「たかむらあァァアッ!」

「エンマさまああ!」

篁は両手を広げ、自分を助けにきてくれた炎真に飛びつこうとした。だが炎真はその腕をかいくぐると、篁の背後の化け物に向かってジャンプした。

炎真の爪先が柔らかそうな胴体にめり込む。化け物は一瞬で一〇メートル近くふっとばされた。

「エンマさま〜〜」

篁は情けない声を上げた。炎真は嬉々《きき》として他の化け物にも飛び掛かっていく。

「あれはちょっと放っておいた方がよござんすね」

落ち着いた声に振り返れば地蔵が司録と司命を連れてやってきていた。

「エンマさま、あいつらぶっとばしたいだけなのー」

「楽しそうなのー」

二人の子供がくすくす笑う。篁はがっくりと肩を落としてため息をついた。その間にも炎真は二四、三四と化け物を殴ったり蹴ったりして倒してゆく。

ようやく気を取り直した篁は、地蔵たちに不審な目を向けた。

「それでみなさんがこちらにこられて、どうやって元の世界に戻るんですか？」

「たぶん、それは大丈夫ですよ」

地蔵は手の中のオルゴールを見せた。それが細い澄んだメロディを奏でている。

「そのオルゴールは……」

篁は自分の持っているオルゴールを差し出す。すうっと篁の手の中のオルゴールは色をなくし、かすんで消えて行った。

「あれー、なくなっちゃったなのー」

司録が篁の手の中を見て言う。

「篁さま、てじななのー？」

司命も不思議そうに篁を見上げた。

「いいえ、おそらく本物が現れたからイメージのオルゴールは消えたんでしょう」

地蔵はオルゴールの中から指輪を摘み出した。

「オルゴールの機械部分にこれがはいっていました」

篁は、地蔵の指の先にある赤い石のついた指輪を見た。

「それ、すみれ子さんの……」

「知っているんですか、篁さん」

目をぱちぱちさせる篁に、地蔵が驚いて言う。

「はい、すみれ子さんがそれを――」

「言わないで！」

悲鳴が響いた。

全員がその声の主を見た。屋敷の玄関に立つ、三つ編みの少女を。

四

「すみれ子ちゃん……」

地蔵が思わず名を呼ぶと、すみれ子は目を怒らせて睨んだ。

「ちゃん、なんて呼ばないで！　あたしは子供じゃないわ」

すみれ子は地蔵の前まで来ると手を差し出した。

「それを返して。それはあたしの大事なものなの」

「オルゴールですか？　指輪ですか？」

「どっちもよ！　どっちもあたしのよ！」

すみれ子はワンピースの裾を握りしめ、どんどん、と足を踏みならした。

「返してったら！」

「大切なのは、殺人の証拠だから？　すみれ子さん」

篁は地蔵からオルゴールと指輪を受け取って、すみれ子に見せた。

「あなたはこの指輪を階段から落ちた男性から盗んだ」

すみれ子は三つ編みを振り回して首を振った。

「ちがうわ！　返してもらっただけよ！　その指輪はあたしのなの！」

「階段から落ちた男性？　赤羽富士夫ですか」

地蔵の言った名前にすみれ子は顔色を変える。

「あんたたち、なんなの……。なんで知ってるの」

「エンマさまご一行さまなのー」

「おまえみたいな悪い子を連れにきたのよー」

司録と司命は篁の背後から顔を出して、すみれ子にケタケタと笑ってみせた。

ずずん……と遠くで大きな音がして、最後の化け物が倒れた。薔薇の茂みをかきわけ、炎真が腕を伸ばしながら帰ってくる。

「おー、いい汗かいたぞ」

「……ご満足そうですね、エンマさま」

篁が恨みがましい目で見つめる。遠くで倒れている化け物は、オルゴールと同じように薄れて消えていった。

「さて、そいつがこの騒動の本の娘か？」

炎真はすみれ子の前に立ち、腰に手を当てた。

「おまえ、この指輪に執着があって現世にとどまっていたんだろ、これをやるから大人しくあの世に行け」

「あの世？　なんで？　なんであたしが死ななきゃなんないの？」

炎真はうんざりした顔で篁や地蔵と目をあわせた。

「やっぱりわかってないのなのー」

「めんどくさいパターンなのー」

司録と司命が炎真の心の声を代弁した。炎真は一度空を仰いでため息をつく。

「香坂すみれ子。おまえな、もうとっくに死んでいるんだぞ」

「エンマさま……言い方……」

地蔵が咎《とが》めるように言って炎真の肩を引く。

「いきなりそんなこと言って、はいそうですかって成仏するなら、ここまで大きな力は持ちませんよ」

「じゃあどうしろって言うんだよ」

「すみれ子さん」

篁はしゃがんで少女と目線をあわせた。

「あなたはずっとこのオルゴールを捜していたんですね」

「……そうよ」

すみれ子は両手を後ろに組んでゆらゆらとからだを揺らす。

「このオルゴールの中に指輪を隠したから」

「ええ……指輪をいれてオルゴールを薔薇の根元に埋めたの。そのとき地面が大きく揺れてあたしびっくりして……気がついたらもうオルゴールはどこにもなかったの。そのときからずっとずっと捜していたの」

司録と司命が篁のそばによってその耳に囁いた。

「関東大震災があったのよー」

「このおうちも崩れてしまったのー、それでこいつもお亡くなりになったなのー」

「そうだったんですか」

大正時代なのかと踏んだ自分の考えが当たっていて、篁はうなずいた。彼はすみれ子の目を見つめ、ゆっくりと話しかける。

「すみれ子さんは指輪をあの男の人――赤羽富士夫さんという方に差し上げた。あなたは彼が好きだったんですよね」

「そうよ……」

　すみれ子の目に涙が浮かんだ。

「だけど……富士夫おにいちゃんは……あたしよりお母様が好きだったの……おにいちゃんはあたしと結婚してくれるって言ったのに……だから、あたしはお母様からいただいた指輪をあげたのに……」

　ぽろぽろと幼い頬に涙が落ちる。

「おにいちゃんはあたしを裏切ったのよ！」

「だから階段から彼を落とした」

　篁の言葉にすみれ子はびくっとからだをこわばらせた。

「だって……だって……悪いのはおにいちゃんだもの」

「だがやりすぎたな」

　炎真が一歩前へ出ると、すみれ子は怯えた顔で後退した。

「あたし……あたしは死刑になるの？　おにいちゃんを殺したから、おまわりさんに捕まって牢屋《ろうや》に入って……ギロチンで首を切られるの？」

「どういう知識なんだ、それは」

　すみれ子は屋敷の玄関まで走って逃げた。ドアをどんどんと叩くが、扉は開かないらしく、絶望的な顔で周囲を見回す。

「いやっ、怖い！　あたし、死刑になんかなりたくない！」

すみれ子はしゃがみこむと頭を抱え、縮こまった。

「すみれ子ちゃん」

地蔵が優しく名を呼んで、すみれ子の前に膝をついた。

「そんなに怖がらないでください。大丈夫ですよ、そもそも赤羽富士夫さんは死んでいません」

「……え？」

地蔵の言葉にすみれ子も、詳細を知らない篁も驚いた。

「赤羽富士夫さんは階段から落ちたあと病院に運ばれ助かりました。翌日の地震でも生き抜き、昭和五二年に病気で亡くなられています。あなたは彼に怪我をさせましたが、殺してはいないんですよ」

「え、……え……？」

すみれ子は涙がにじんだ目で地蔵を見上げた。地蔵はにっこりと笑ってうなずく。

「死んでない……？　死んでないの？」

「そうですよ」

「じゃあ、あたしは……おにいちゃんを殺してないのね？」

「ええ、ですから……」

急に辺りが暗くなった。冷たい風が吹き、地蔵の長い髪を巻き上げる。すみれ子の三つ編みが風に煽《あお》られ左右に揺れた。

「なんてこと……」

すみれ子の周りにうっすらと黒い影が集まり出す。白く幼い顔が灰色に染め上げられていく。

「なんてことなの、あの男が死んでなかったなんて。あたしを裏切ったあの男が生きていたなんて」

「す、すみれ子さん」

様子の変わったすみれ子に、篁があわてて駆け寄った。差し出された手を払いのけ、すみれ子は拳を握る。

「あたしはなんのために……ずっと怖い思いをしていたの、あいつが生きているなら、こんなところに閉じこもっていなくてよかったのに！」

「すみれ子さん、あなたは……」

すみれ子は立ち上がると篁を、地蔵を、炎真を睨みつける。

「いいえ、それよりあいつが生きているなんて許せない！　あいつは死んで地獄に行くべきなのに！」

オォオ━━━ン……と遠くで何かが吠える声がした。いつの間にか枯れはてた薔薇の茂みの中から再び化け物が起き上がる。

「わー、また出たなのー」

司録が薔薇の上を指さして叫ぶ。

「地獄に行くのはおまえのほうなのにー」

司命はすみれ子を指さして叫ぶ。

「やめなさい、すみれ子ちゃん！」

どすん、どすん、と化け物が跳ねるたびに、地面が激しく揺れた。その揺れの中で立っていられず膝をついた地蔵はすみれ子に叫ぶ。

「こんなことをしてもあなたは救われない。あなたは罪を悔いて、心静かに彼岸へと旅立つべきなのです」

「いや、いや、いやっ！」

すみれ子は首を激しく振った。きりきりと眉がつり上がり、目が真っ赤に充血する。ぶつん、と三つ編みを結んだゴム紐《ひも》が切れ、長い髪が灰色の空の中に広がった。

すみれ子の顔は、もう八歳の少女とは思えないほどの恐ろしい形相になった。

「あいつを殺す！　殺さなきゃだめっ！」

跳ねあがっていた化け物がその声に一斉に首をもたげる。彼らは同時にこちらを向いて進んできた。

「え、エンマさま！」

篁が炎真に飛びついた。司録と司命もあわてて地蔵の背後に隠れる。

「エンマさま！　来ますよ、化け物が！」

「落ち着け。おまえも地獄の秘書官じゃねえか。こんな化け物風情で慌てるな」

炎真はため息をつくと、仁王立ちになっているすみれ子に目を向けた。

「わがまま娘。おまえは今までなんでも思い通りになってきたんだろう。わがままが通らないと、そうやってわめいて暴れて大人をてこずらせてきたんだな」

「なによ！　悪いの！　そうよ、あたしはいつだって我慢なんかしないんだから！」

炎真は地蔵を振り向いた。

「ガキの扱いはおまえの専売特許だろ。こういうやつはどうしたらいい？」

「そうですね」

地蔵は小さくため息をついた。

「この指輪をお使いください」

オルゴールから出した赤い石のついた指輪を炎真に差し出す。

「ふん」

炎真は指輪を受け取ると指先で弾いて掌に握りこんだ。

「なるほど」

「な、なによ」

すみれ子はその指輪を見てあきらかにたじろいでいる。

「そういうガキにはな、やることはひとつだってこった」

炎真はぐいっとすみれ子を引っ張った。

「きゃあっ」

化け物がすぐそばまで近寄ってきた。彼らの胴体が跳ねて、地面が揺れる。

だが炎真はその化け物を見もせず、立てた膝の上にすみれ子のからだを乗せた。

「な、なにするの！　放して！　放せ！」

「昔から悪い子にはこれと決まっている」

炎真は指輪をはめた右手を振り上げた。そして勢いよく下ろす。

パシン！

「きゃあんっ！」

すみれ子が悲鳴をあげた。炎真は立て続けにパシパシとすみれ子の尻を叩いた。次第に炎真の姿がぼやけ、叩いているのが女性――すみれ子の母親の姿に変わった。

「いやあっ、痛い！　痛い！　おかあさま、ごめんなさい！」

「え、エンマさま……」

篁があっけにとられてすみれ子の尻を叩く母親の姿を見つめた。

「あの指輪にはすみれ子ちゃんのお母さまの思いがこもっています」

　地蔵が手をあわせながら言った。

「すみれ子ちゃんにとっても大切な指輪。あの指輪がお母さまを連れてきています」

「うわー」

「あれはいやなのー」

　司録と司命は手で目を覆い、痛そうな顔をする。

「ごめんなさい！　ごめんなさい！」

　すみれ子が悲鳴をあげるたびに、化け物が、まるで風船のように膨らみ、破裂して消えて行く。

「エンマさま！　最後の一匹が！」

　巨大な芋虫が薔薇の上でジャンプする。胴体の影がその場にいる全員の真上に重なったとき、
　パシン！

　叩く音と同時に化け物の姿は消え去った。

「うわぁあああんっ！　ごめんなさい——ごめんなさいー」

　すみれ子は顔中、涙と鼻水で濡らしながら、大声で泣きわめいた。

「ごべんなさあああいいいっ、もうしないからー、おかあさまー、おとうさまー」

小悪魔めいた姿はなく、どこにでもいる幼い少女のままで、すみれ子は泣く。

「赤羽富士夫にも謝れ」

母親の顔で炎真が言う。

「富士夫おにいちゃん、ごめんなさいー、ごめんなさいー」

わあわあと泣きながらも、すみれ子の顔は明るく晴れてゆく。まといついた暗い影は消え、いつのまにか灰色の空から明るい光が差している。

「すみれ子ちゃん……ほんとうは、謝りたかったんですよ……」

地蔵が慈愛に満ちた眼差しで微笑んだ。すみれ子はしゃくりあげながら、日差しに顔を向ける。

「富士夫おにいちゃん……」

すみれ子の顔が輝く。頬の涙を光らせて。

「お母様、お父様……」

日差しになにを見つけたのか、すみれ子は眩《まぶ》しげに笑った。

「みんな、そこにいたの」

炎真は元の姿に戻り、膝からすみれ子を下ろした。そのからだを抱いて空に向けると、さあっと一筋の光がすみれ子を照らす。

「あたしもいく、あたしもいくわ」

ふわり、とすみれ子のからだが浮かんだ。光に導かれるように空へと向かう。炎真はその光の中にマンションで出会った老婆がいることに気づいた。あれが母親だろう。彼女は失った娘を心配して、ずっと念を残していたのだ。老婆は炎真たちに向かって深々とお辞儀をした。

「よかった……」

篁がしみじみと呟く。

辺りの景色が変わっていった。果てのない、枯れた薔薇の茂みは消え、灰色の古いマンションの壁になる。

炎真たちは元の取り壊し予定のマンションの庭に立っていた。

「戻れましたね」

地蔵がため息をつく。炎真は腹を押さえ、うつむいた。

「腹減った……結局昼飯抜きでもう夜だぞ」

篁は自分がまだオルゴールと指輪を持っていることに気づいて、それに視線を向けた。今まできれいな赤だと思っていた指輪の石は、暗くくすんだ色に変わっている。オルゴールも音をたてなかった。

「これ……どうしましょうか」

「もういらねーだろ」

篁は指輪を箱に戻し、薔薇の茂みの中に置いた。膝をついて手をあわせる。

「地獄でまた会おう」

炎真は空を仰いで呟いた。

終

篁はあのマンションから枯れた薔薇を一本持って帰った。鉢に植えて水をやる。ジョウロはないのでコップを使う。

炎真は呆れた顔をするが、篁は「まあいいじゃないですか」と気にしない。

「すみれ子さんはやはり罪になるんですか？」

篁がコップを流しに戻して聞く。炎真は畳の上にひっくり返ったまま、

「殺意を持って母親の愛人を落としたんだし、それに調べないとわからないが、何人か人間を引き込んでいるかもしれない。それなりの罰は受けなきゃなんねえだろ」

「赤羽富士夫は何者だったんですか？」

「あれは父親の方の従兄弟《いとこ》らしいな」

炎真は記憶を辿った。

「二〇代後半だったが仕事もしないでふらふらしてたらしい。顔がいいのでジゴロかヒモでもやってたんだろ。母親も娘もすっかりたぶらかされたというわけだ」

「じゃあそいつが一番の元凶じゃないですか」

篁は不満げな顔になった。

「赤羽富士夫の方はきっちり衆合《しゅうごう》地獄に行ってるだろ、心配するな」

炎真は笑うとからだを起こした。

「そんなことより腹が減った。朝飯に行こうぜ」

「いいですよ、地蔵さまもお誘いしますか」

「朝からあいつの辛気臭い顔なんか見たくねぇよ」

炎真と篁が出かけたあと、薔薇は、春の日差しを浴びながら風に揺れていた。茶色く枯れたように見える茎に、わずかに緑の芽が見える。

新しい葉を出して炎真たちを驚かせるのは、もう少し先だった。

第五話
えんま様と右手の子供

busy 49 days
of Mr.Enma

序

「かーもーだーくーん」

小学校二年生の長谷川《はせがわ》しずくはお向かいの鴨田《かもだ》家の玄関前で大きな声をあげた。

「がっこー、いーきーまーしょー」

「はぁい」

応えてくれるのは鴨田くん本人ではなく、おかあさんだ。いつも鴨田くんのランドセルをひきずるようにして出てくる。ランドセルには鴨田くんのからだがぶらさがっている。

「おはよう、しずくちゃん。いつもごめんね、うちの孝宏《たかひろ》がぐずで」

「おはよーございます、かもだくんのおかあさん」

しずくはぺこりと頭をさげる。耳の横で結んだ髪の先が跳ねた。

「しずくちゃん、ご挨拶もお上手ね……ほら、孝宏、あんたも挨拶！」

「……おあよ」

鴨田くんはあくびをしながら応える。

「おはよー、かもだくん」

「じゃあしずくちゃん、孝宏をお願いね。車に気をつけてね。孝宏、あんたちゃんとしずくちゃんと手をつないでいるのよ」

鴨田くんのおかあさんはそう言って、鴨田くんの頭に黄色い帽子をぐりぐりと手で押しつけた。鴨田くんはいやがって手を振り回す。しずくはそんな鴨田くんの手をとった。

「いこ、かもだくん」

「おう」

二人は手をつないで玄関の石段を降り、上級生が待っている大通りを目指した。


「もう、はなせよー」

お見送りしてくれるおかあさんの姿が見えなくなると、鴨田くんはいつも手を離してしまう。しずくがもう一度手をつなごうとすると、さっと両手を後ろに回して隠した。

「だめだよー、ちゃんとてをつないでっていわれたでしょー」

「おんななんかとてぇつなげっかよー」

鴨田くんは最近そんなことを言うようになった。幼稚園からずっと一緒に行っているのに。今まではいつも仲良く遊んでいたのに。

こんなことを言うようになったのは、きっと一緒に遊んでいる杉林《すぎばやし》くんのせいだ。杉林くんや石黒《いしぐろ》くんは、すぐに「おんななんか」と言うからクラスの女子に嫌われている。

「あぶないでしょー」

「うっせー、うっせー」

あちこち逃げ回る鴨田くんの左手を、しずくは右手で摑んだ。

「はなせよー！」

「ちゃんと手ぇつないでいこうよー」

「やだよ、はなせってば」

しずくは悲しかった。鴨田くんとはずっと仲良しでいたかったのに。学校でも最近は一緒に遊んでくれないから、この朝の通学路だけがふたりだけでいられる時間なのに。

「ねえ、かもだくん」

「はなせ、ばか！　ぶすしずく！」

「かもだくん！」

しずくは怒ってぐいっと手を引っ張った。鴨田くんはそれに抵抗するように思い切りからだを引く。そのときしずくはわざと手を離した。

「うわっ！」

勢いのついていた鴨田くんは、そのままよろよろっと後ろに下がり、車道に飛び出した。そこに黒い車が走ってきて——


「きゃあああっ！」


長谷川しずくは自分の悲鳴で目を覚ました。布団をはね除け、勢いよく身を起こす。

「鴨田くんっ！」

心臓がドクドクと脈打っている。呼吸がうまくできず、しずくはヒュウヒュウとのどを鳴らした。全身に汗をかいている。長い髪が首をしめ上げるようにまとわりついて、苦しかった。

「また……」

もう何度見たことだろう。小学生のときのあの体験が、今も悪夢となってしずくを苦しめている。

しずくは自分の右手を握りしめた。気のせいではなく、右手が冷たい。まるで氷のようだ。あのとき、鴨田くんの左手を離したときからずっと冷たい気がする。

しずくはそのときのことを誰にも言っていない。自分の親にも鴨田くんの親にも。鴨田くんと手をつないでいなかったということは誰も知らない。もちろん自分がわざと手を離したということも。

そんなことを知られたら。

あのとき幼いしずくは、鴨田くんの手を離したことを知られたら、きっと自分が人殺しだと責められると思ってしまった。それが怖くて誰にも話せなかった。

しずくはそのショックで熱を出し、学校を一週間も休んでしまった。それで、みんなが目の前で交通事故を、鴨田くんの死を目撃したしずくをかわいそうに、と慰めてくれた。

鴨田くんのお母さんとお父さんは、あのあと引っ越して町からいなくなった。しずくは内心ほっとした。鴨田くんの家の前を通ることさえ怖かったからだ。でもそれで永遠に鴨田くんのことを謝れなくなってしまった。

なんで、あのとき、鴨田くんの手を離したのだろう。

しずくはあの日から毎日考えていた。

あたしがちゃんと握っていれば、あのときわざと離したりしなければ鴨田くんは死なずに済んだのに。

あれから一八年も経ち、鴨田くんのことを忘れることもある。けれどこんなふうに記憶は不意打ちでよみがえる。

しずくは右手をごしごし擦った。どんなに擦っても血が通っていないように冷たい。

この右手はあたしの心と一緒だ。

しずくは右手を握りしめる。

大事な友達を殺した血の通わないあたしの心。それがこの右手に現れるのだ。

「ごめんなさい……ごめんなさい、鴨田くん……」

しずくは両手で顔を覆い、泣きだした。

一

結局、その夜はそのまま眠ることができず、朝を迎えた。しずくは鏡で顔を見た。目の下に暗い影ができているのをファンデーションで隠す。いつもより化粧を濃いめにして部屋を出た。

しずくが住んでいるのは武蔵野市のアパートだ。築四〇年で吉祥寺駅から一五分。しかし職場には近い。なので外観が古臭くても部屋が狭くても、なかなか離れることができない。

アパートの名前はメゾン・ド・ジゾー。最初はジゾーというのもフランス語かと思っていたが、大家さんが地蔵さんという名前だかららしい。二階建てで六つの部屋のうち三部屋だけ風呂がついている。風呂つきの部屋に入居できるのは女性だけだと大家さんが言っていた。

部屋を出ると、隣室のドアも開いた。中から若い男性が出てくる。最近越してきたらしい彼は、もう一人、男性と一緒に住んでいる。兄弟とかではないようだ。確か、表札には大央と書いてあった。

「……おはようございます」

しずくは小声で挨拶した。隣に住んでいて目が合ったのだから挨拶くらいはしておいた方がいいだろう。青年はしずくを見てちょっと首をかしげた。

「おまえ、夜中うるさかったぞ」

青年がそう言った。いきなりおまえ呼ばわりされたのも驚いたが、夜中に声をあげたのを聞かれていたことの方がショックだった。そんなに大きな悲鳴をあげたのか？

「あと、おまえの右手……」

しずくはぱっと右手を左手で握った。昨夜の手の冷たさがよみがえる。青年が続けてなにか言おうとするより早く、しずくは身を翻して階段を駆け降りた。

「なんだよ、あいつ……」

炎真は隣室の女性が逃げるように走り去ってゆく後ろ姿を見つめた。

以前、大家の地蔵から、アパートの住人が悩んでいると言われていた。それがあの長谷川しずくだ。

彼女に会って、なにが問題なのかわかってしまった。

炎真の目には、彼女の右手にぶらさがる、子供のちぎれた左手が見えていたのだ。

長谷川しずくの職場は吉祥寺にある大学の事務局だ。関東大震災のあと、この大学が池袋から移転したため、町が発展したという見識もある。

自由で明るい校風で、キャンパスを闊歩《かっぽ》する学生たちも、いつも楽しげだ。

午前の仕事が終わりに近づいたとき、同じ事務局の秋本泰雄《あきもとやすお》がしずくのパソコンにメールを送ってきた。

「ランチ一緒に行きませんか」

しずくは少し考えて返信する。

「ラーメン屋以外ならいいですよ」

パソコンの横から秋本が顔を出し、人指し指と親指で丸を作る。しずくは小さく笑うと自分の仕事を終わらせるため、キーボードに指を走らせた。


秋本が誘ってくれたのは大学の近くのネパール料理店だった。夫婦二人でやっている小さな店だったが、おいしい上にボリュームがあり安いので、学生たちで混み合っていた。

「長谷川さん、ゴールデンウイークの予定は？」

秋本に聞かれ、しずくは口にもっていきかけたナンを皿に戻した。

「別に。予定はないの。家でのんびりします」

「もしよければ……一緒にでかけませんか？」

彼がそう言い出すのではないかとしずくは予想していた。案の定、おずおずと、だがしっかりしずくの目を見て言ってきた。

「どこへ？」

「川越とかどうですか？　近いけど、旅行気分が味わえます」

「混んでるでしょう」

「混んでない観光地の方が寂しいですよ」

秋本は期待を込めた目で見つめてくる。彼とは映画を観に行ったり、食事を数回した仲だ。そういうのを付き合っているというのかもしれないが、まだ触れ合ったことはない。

一度、秋本が手を握ろうとしてきたが、しずくはその手を振り払ってしまった。嫌だったわけじゃない。でも右手に触れられたら冷たいことに気づかれてしまう……それが怖かった。

それ以来、秋本の方から手に触れてはこなかった。

秋本は一年先輩であるが、決して先輩風を吹かせず仕事も無茶ぶりしない。いつもていねいな物言いで、食事や遊びに誘うときも、必ずしずくの都合を優先してくれる。かと言って気弱ではなく、上司や学生の無理難題にも冷静に対応できた。

優しくて穏やかな彼と一緒にいると、自分もそうなれるような気がする。秋本となら、ずっと一緒にいられる気もする。

だが、しずくはどうしても一歩踏み出すことができなかった。

自分が爆弾を抱えていることを知っていたからだ。

食事を終え、店を出る。結局、この日、しずくは明確な返事を避けた。秋本と旅行にいくのは楽しいだろうと思うが、これ以上親しくなって、踏み込まれるのが怖いと思う部分もあったからだ。

思えば高校のときも、大学のときも、しずくを気にかけてくれた男性はいた。だが、いつも自分の冷たい右手が気になって、距離を置いてしまっていた。

変わりたい、という思いはあっても、罪を背負った自分は幸せになってはいけないと心のどこかが責めるのだ。

「まだ少し時間があるけど、お茶でも飲みますか？」

秋本が交差点の向こうを指さした。吉祥寺の駅に続く商店街の方だ。

「そうですね」

恋を封印しても……それでももう少し秋本といたい。しずくはうなずいて、秋本と一緒に横断歩道の前に立った。

信号が変わる。しずくが動き出そうとしたとき、不意に横を黄色い帽子が通りすぎた。青信号で駆けてゆく小学生だ。

心臓が跳ねた。しずくは思わず右手を伸ばしその子のランドセルを捕まえた。

「きゃあっ！」

甲高い悲鳴と一緒に摑まれた女の子が転ぶ。しずくは我に返って倒れた女の子のそばにしゃがみこんだ。

「ご、ごめんなさい！　大丈夫!?」

手を貸して立たせると、女の子は泣き出しそうな顔でしずくを睨んだ。ぱっと身を翻してすぐさま逃げる。

「なにやってんの、長谷川さん」

さすがに驚いたらしい秋本がしずくの肩に手をかけた。

「――ッ」

しずくはのどを押さえた。呼吸ができない。汗がどっと溢れ、目の前がハレーションを起こしたように真っ白になり、そのあと暗くなった。

「長谷川さん!?」

ガタガタと震え始めるしずくのからだを秋本が抱きかかえた。

「長谷川さん！　長谷川さん……！」

声が――遠くで響いていた。

二

小さな児童公園のベンチで、しずくは濡らしたハンカチを目に当て休んでいた。あれから秋本に抱えられてここまでやってきて、崩れるように座り込んだのだ。

「大丈夫ですか？」

隣に座った秋本が覗き込む。

「ええ……少し休めば平気……」

秋本はしずくを見て、それから膝の上で組んだ自分の手を見た。

「長谷川さん、どこか悪いの？」

「……そうじゃないの」

しずくはハンカチを取ると、秋本に弱々しい笑みをみせた。

「ＰＴＳＤらしいの」

「ＰＴ……？」

聞き慣れない言葉に秋本がくりかえそうとして失敗する。

「ひどい事故を体験すると、それを思い出してパニックになるってやつ……まあ病気には違いないわね……」

「……」

秋本が目を見開いた。しずくはそんな彼の顔から目をそらす。

「あたしの心の問題なのよ」

「──そんなひどい目にあったんですか」

秋本が心配そうに言ってくれる。しずくはうつむいた。

「小学生のとき……交通事故を目撃して」

「交通事故？」

はあっとしずくは浅い呼吸をした。

「同じクラスの男の子が車に撥《は》ねられたの」

「それは……怖い思いをしたね」

秋本が優しく言う。しずくはぎゅっとこぶしを握った。

違う、そうじゃない。優しくなんかしないで。あたしは責められるべきなの。鴨田くんを殺したんだから。

そう言葉が溢れそうになり、口元を押さえる。

「は、長谷川さん……」

しずくが泣きだしたのかと思ったのか、秋本の声色に焦りが混じる。しずくは黙って首を振った。

「あの、なにかあったかいものでも買ってくるよ」

秋本はそっとしずくの肩に触れ、ベンチを立った。秋本の足音が遠ざかっていくのを聞いて、しずくはようやく大きく息を吐いた。

幼い日のあの事故の話をすれば少しは楽になるだろうか？　いや、自分のしたことは決して許されることではない。それを秋本に告白するのは恐ろしかった。

吐ききって目を開けたとき、地面の上にスニーカーの足があることに気づいた。スニーカーから徐々に上に目を向けていく。デニムに包まれた足、薄手のパーカー、そして見知った顔がある。

今朝アパートで会った隣室の大央という男だ。

(なんで……こんなところに……)

考えてみれば家が近いから確かに会う確率は高い。だけどこんなときに会わなくてもいいじゃないの。

大央はしずくをじっと見つめた。その目にしずくは訳もわからず恐怖を覚える。いや、彼の視線はしずくの右手に向いている。しずくはさっと右手を背中に隠した。

「おまえ、」

またおまえ呼ばわりだ。だが、それに反応するより先にかけられた言葉に、しずくは全身を絞り上げられたような気持ちになった。

「おまえ、なんだって子供の手を持ってるんだ」

「え……っ」

「おまえの右手だ。なぜ子供の手を摑んでる」

しずくはあわてて背中から出した自分の手を見た。だが、その手にはなにもない。

「おまえがそうやって手を摑んでいるから、その手の持ち主はあの世で片腕のままなんだぞ」

「な、なにを……」

「早く離してやることだな」

大央はそう言うとしずくに背を向けた。口の中がスポンジのように乾燥し、カラカラになった。右手がパキパキと音をたてて凍りついていくような気もする。

「なんなの……」

しずくは左手で右手を擦った。ごしごしと、いくら擦っても温かくならなかった。

「長谷川さん？」

秋本が戻ってきた。手にコンビニのテイクアウトのコーヒーを持っている。

「大丈夫？　寒いの？」

秋本はしずくにコーヒーを渡してくれた。とびつくようにそのカップを持ったが、冷えきった手はその熱も感じない。

しずくは目をあげて大央の姿を捜した。だがいつのまにか公園を出てしまったらしい彼の姿は、どこにもなかった。

三

しずくは陰鬱な気持ちで午後を過ごした。話しかけてくる同僚にも最低限の返事で済ませ、パソコンから顔をあげない。仕事に集中しているように見えて、ミスを連発した。こんなことなら午後は早退した方がましだったかもしれない。

時折自分の右手を見つめ、ぼうっとしてしまう。

子供の手を摑んでいる……。

大央という青年はなぜそんなことを言ったのだろう。過去の事故のことは、誰も知らないはずなのに。アパートの大家の地蔵には、一度PTSDの発作を起こしたとき助けられて、わけを話したことがある。それでも原因については言っていない。

本当にこの手の先に子供の——鴨田くんの手がつながっているのだろうか。

しずくは首を振る。そんな馬鹿なことがあるはずない。なにもない、この手にはなにも摑んでいない。あたしは何も摑めなかったんだ。

終業時間になったとき、しずくは誰よりも早く席を立った。誰にも挨拶せず、職場から逃げるように大学の正門を目指す。

「長谷川さん！」

そのしずくを追いかけてくるものがいる。秋本だ。

「長谷川さん、家まで送りますよ」

「平気です、近いから」

しずくは足元を見つめながら答えた。

「送ります」

秋本はしずくの肩を摑み、無理やり自分の方へ向けた。

「今日、長谷川さんを一人で帰したくないんですよ」

しずくは秋本の目を見て、それから視線を外した。

「強引ですね」

「うん……すみません」

秋本は申し訳ないと笑う。しずくも笑おうとしたが、唇がひくついただけだった。

大学の正門前には横断歩道がある。昼間はそれほどでもないが、朝と夕方の交通量は多く、信号も長かった。

横断歩道の前には数人の大学生が信号待ちをしている。しずくと秋本は端の方に立った。

背後から学生たちの歓声が聞こえてくる。肩越しに振り向くと、何人かがはしゃぎながら走ってくるのが見えた。この時期、すでに来年の内定が出ている四年生がいるので、もしかしたらそんなラッキーな連中かもしれない。

彼らはそのままの勢いで正門をくぐり、横断歩道に押し寄せた。先頭の数人が止まろうとしてたたらを踏み、どんっと秋本の背中にぶつかった。

「うわっ！」

「秋本さん！」

よろけて車道に出そうになった秋本の腕を、しずくは悲鳴をあげて掴んだ。だが、勢いがついていてしずくのからだも引っ張られる。車が目の前に来ているのがスローモーションで見えた。

（だめっ！）

しずくが思わず目を閉じたとき——。

右手がぐいっと引っ張られた。

「えっ」

その力でしずくのからだも秋本も歩道側に放り出された。

「うわっ」

「きゃあっ」

二人して石畳の上に転がる。

「大丈夫ですか！」

「すみません！」

はしゃいでいた大学生たちが真っ青になってしずくたちに駆け寄る。

「だ、大丈夫、です、ありがとう……」

彼らが引っ張ってくれたのか、としずくは感謝して礼を述べ……そのまま固まった。

自分の右手を握っている小さな手。

その手の先で鴨田くんが笑っていた。懐かしい小学生のときのままの鴨田くんが。

——。

しずくの周りから音が消えた。学生たちが、大学の正門が消えた。そこは幼い頃の通学路だった。

「ばーか、ぶすしずく」

昔と変わらない言い方で鴨田くんが舌を出す。

「……鴨田くん」

しずくの目に涙が溢れてくる。

「おとなのくせに、なくなよ」

「鴨田くん、鴨田くん……ごめんなさい、あたし、」

「はなせよ、しずく」

しずくは首を振り、右手に力を込めた。鴨田くんの手がこんなにも小さい。小学生の手。離してしまった大切な手。

「離さないよ、放したら鴨田くんが死んじゃう」

鴨田くんは困ったように笑うと、ゆっくりと、しずくをなだめるように言った。

「はなしていいんだよ、おれはもういくからさ」

「鴨田くん……」

鴨田くんは昔のままのいたずらな笑顔を見せる。

「おまえのせいじゃないんだ、しずく。きにすんなよ」

鴨田くんの姿が薄くなる。

「ばいばい、しずく。またな」

「鴨田くん！　待って、鴨田くん！」

鴨田くんの姿が消え、代わりにそこにいたのは大央という青年だった。彼はしずくの右手を摑んだまま言った。

「あいつは逝ったよ」

「どこへ……」

ぽろぽろとしずくは涙をこぼしながら、けれどそれはわかっていたように思った。

「遠くだ。だけどいつか還《かえ》ってくる」

「かえって……？」

大央はしずくの手をそっと放す。

「おまえのこの手はな、あいつを助けられなかった手じゃない。いつか戻ってくるあいつに差し出すための手なんだよ」

「──差し出すための……」

しずくの目から最後の涙が落ちたとき、周りに音が戻ってきた。

「長谷川！　長谷川さん、大丈夫か？」

叫んでいるのは秋本だ。

しずくは呆然と秋本を振り仰いだ。

「秋本さん……」

「長谷川さん、ありがとう。君が手を摑んでくれなかったら俺はいまごろ……」

「ほんと、すみません。俺らはしゃいじゃって……」

秋本はしずくの肩を抱き、顔を覗き込んでいる。大学生たちも神妙な顔で頭をさげた。

しずくは周りを見まわした。

目の前を車がびゅんびゅん通りすぎてゆく。鴨田くんも、隣室の男性もいなかった。あれは夢だったのだろうか？

「ええ……大丈夫。大丈夫よ」

しずくはふらふらと立ち上がった。

「秋本さん……」

しずくは自分を支えてくれる秋本を振り返った。心配気な目がすぐ近くだ。その瞳を見つめ、彼女は囁いた。

「秋本さん……あたし、話したいことが……話さなきゃいけないことがあるの……」

「え？」

「あなたに、知ってもらいたいの……」

秋本の手が自分の右手を握っている。その手がとても温かいことが嬉しくて、しずくはまた涙を溢れさせた。

終

炎真がアパートに戻ってくると、いつものように地蔵がアパートの前の道路を竹箒で掃いていた。夕方になってもまだ空は明るく、地蔵の長い影が、アパートにのびている。

「おかえりなさい、炎真さん――エンマさま」

「今そこで隣の部屋の長谷川という女に会ったぞ」

炎真の言葉に地蔵は箒の手を止めた。

「おや、そうですか」

「あの女の右手……」

みなまで言わせず地蔵はうなずいた。

「エンマさまもお気づきになりましたか」

「ああ、あれは祟《たた》りとか呪いとかってやつじゃねえな。ただの後悔の固まりだ」

地蔵は塵取りを持ち上げ、中の紙くずや散った桜の花びらをバケツにあけた。

「長谷川さんはPTSDを患われているんでござんすよ」

「PT……って、なんだそれ」

「過去のショックなできごとがよみがえって呼吸困難になったり目眩《めまい》がしたりして、ひどいときには意識を失うという心の病でござんす」

「ああ、ウシトラってやつか」

地蔵はちょっと考えた風だったが、

「……もしかしてトラウマとおっしゃりたいんで？」

「馬が牛になっただけだろ、通じたんだからいいじゃねえか。こまけえことは……」

「気にすんな、ですか？　エンマさま、困った言葉を覚えられてしまった」

「うーるーせー。とりあえずあの女を気にかけていたガキがいたから姿と言葉を下ろしておいた。ちょっとはそのPTAというのも軽くなるだろう」

「PTSDでござんす」

地蔵は自分の部屋のドアを開け、炎真を中にいれた。

「お茶でもどうぞ。篁さんも呼びましょう」

地蔵はそう言うとスマホで篁を呼んだ。すぐに階段を降りる足音がして、篁が顔を出す。

「あ、エンマさま、おかえりなさい」

「おう」

炎真は手に下げたビニール袋を見せた。

「かしわ餅があるぞ」

「わあ」

篁はにこにこ顔でちゃぶ台につく。地蔵が急須と湯飲みをお盆に載せて運んできた。

炎真はちゃぶ台の上に、かしわ餅をどさどさ広げる。

「たくさん買われましたね」

篁が目を丸くした。

「道でばあさんが売ってたんだ。売れないと帰れないと言うからな、残りを全部買った」

「また無駄遣いを」

と地蔵が炎真を睨んだが、柏の葉のよい香りにその目もとろけた。

「私もいただいてよろしいので？」

「ああ、うまい茶をいれてもらおうと思って買ってきたんだ」

地蔵がやかんから急須にお湯を注ぐと、ふうわりと緑の香りが立ち上った。

「長谷川さんのこと、気にかけてくださってありがとうございました」

地蔵が頭を下げた。

「新宿駅の話を蒸し返されたくなかったからな」

湯飲みにお茶が注がれる。炎真はみそあんのかしわ餅にかぶりついた。むっちりとした生地を嚙み切り、甘辛いみそあんを楽しむ。

「アパートのみなさん、大なり小なり、悩みや心配事を抱えていらっしゃるようで」

地蔵はこしあんのかしわ餅を手に取る。

「またお願いするかもしれませんが、そのときはよろしく頼みますね」

「いやだぞ、俺は現世には休暇にきているんだからな」

「エンマさま、けっきょく働いちゃいますよねー」

子供の声がして、ちゃぶ台の下から小さな手がかしわ餅をひとつ持っていった。

「なんのかんの言ってお仕事がすきなのねー」

もうひとつ、とかしわ餅が消える。炎真がちゃぶ台の下を覗くと司録と司命がはらばいになってかしわ餅をくわえていた。

「おまえたち！　呼び出してないぞ！」

「かしわ餅と聞いたら我慢できなくてー」

「おいしいですー」

二人はさっとちゃぶ台の下から出て、篁の背後に隠れた。

「いいじゃないですか、エンマさま。食べきれないくらいあるんですから」

篁がとりなした。

「しかしな、こんな勝手に出入りするようになったら地獄のルールが」

「こまけえことは気にすんな、じゃないんですか？」

地蔵が笑った。炎真はぐっとつまり、司録と司命を睨む。

「今日は大目に見てやる」

「わーい」

「エンマさま、ふとっぱらー」

二人はいそいそと炎真の左右に座った。地蔵が全員の前に湯飲みを置く。

「さあ、お茶をどうぞ」

炎真も篁も地蔵も司録と司命も、みんなで湯飲みとかしわ餅を手にし、春の明るい夕暮の穏やかさを、甘く優しく味わった。


数日後、メゾン・ド・ジゾーの前を掃除していた地蔵は、長谷川しずくが小さめなボストンバッグを提《さ》げて階段を降りてくるのを見た。

「おはようございます、しずくさん」

地蔵が挨拶をするとしずくもにっこりして頭を下げた。

「おはようございます、地蔵さん」

「どちらかにお出かけで？」

バッグに目を向ける地蔵にしずくは楽し気にうなずいた。

「はい、ちょっと旅行に……一泊ですけど」

「そうですか、よろしいですねえ。どちらまで？」

しずくは、はにかみを含んだ笑みを見せた。

「川越まで……会社の同僚と」

もちろん地蔵はしずくが誰と行くのかは知らない。それでも彼女の照れくさそうな顔に、幸せの予感を感じた。

「もしかしたら店子が一人減るかもしれないですねえ」

地蔵はひとりごちて、しずくの後ろ姿を見送った。

―――本書のプロフィール―――

本書は書き下ろしです。

小学館文庫

えんま様《さま》の忙《いそが》しい49日間《にちかん》

著者　霜月《しもつき》りつ

二〇一八年六月十一日　初版第一刷発行

発行人　菅原朝也
発行所　株式会社 小学館
〒一〇一-八〇〇一
東京都千代田区一ツ橋二-三-一
電話　編集〇三-三二三〇-五六一六
販売〇三-五二八一-三五五五
印刷所――――図書印刷株式会社

ISBN978-4-09-406523-7

無《む》限《げん》回《かい》廊《ろう》案《あん》内《ない》人《にん》

千年

イラスト　THORES柴本

あなたの記憶のカケラ、いただきます——。
不思議な喫茶店「アクアリウム」には、
ときどき機械仕掛けの金魚を連れた美しい少女キリトが現れる。
彼女に望みを叶えてもらった客は、それと引き替えに
必ず何かを失うというのだが……。記憶鮮明オカルトファンタジー！

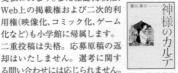